Dulsberg, Mode & weitere Corona-Enthüllungen

Textsammlung

Jan Kern

Dulsberg, Mode & weitere Corona-Enthüllungen

Textsammlung

Bibliografische Information Der Deutschen Bibliothek:
Die Deutsche Bibliothek verzeichnet diese Publikation in der
Deutschen Nationalbibliografie; detaillierte bibliografische
Daten sind im Internet über www.ddb.de abrufbar.

Layout: SichelWerk

1.Auflage
© 2022 – Jan Kern
Herstellung und Verlag: BoD – Books on Demand, Norderstedt
ISBN 978-3-756-82848-7

Alle vorkommenden Namen, Orte und Handlungen sind frei
erfunden. Ähnlichkeiten mit lebenden, toten oder untoten
Personen sind rein zufällig, nicht beabsichtigt, aber teilweise
unvermeidbar.

Das Geheimnis von Dulsberg

Anno 2168. Mittlerweile ist die Welt, in der wir leben, nicht mehr die Unsere. Alles verändert sich dramatisch schnell und gerät bedrohlich aus den Fugen. Der Klimawandel ist schon seit mehreren Jahrzehnten mit seinen Extremwettersituationen längst bittere Alltagsrealität, auch wenn er von mehreren politischen Kräften und in weiten Teilen der Wirtschaft nachwievor hartnäckig, fast fanatisch geleugnet wird. Der sogenannte *„Heuschreckenkapitalismus"* hinterlässt immer deutlicher seine unverwechselbaren Spuren. Umweltkatastrophen gehören für uns zur alltäglichen Normalität. Die Weltwirtschaft ist bereits weitgehend, fast komplett zusammengebrochen. Die natürlichen Ressourcen werden immer knapper, und der Euro verliert durch seine galoppierende Inflation bedenklich an Wert. Die Ernährung der stetig und sehr bedrohlich ansteigenden Erdbevölkerung ist daher zunehmend infrage gestellt. Zwischenzeitlich entstand weltweit eine Zwei-Klassen-Gesellschaft, zunächst beinahe unbemerkt und nun immer offensichtlicher. Es folgte eine Massenarbeitslosigkeit, die für viele Menschen zur massiven Existenzbedrohung wurde. Entweder man ist extrem reich oder extrem arm. Etwas dazwischen gibt es kaum. Es ist der nackte Kampf um das Überleben. Jeder ist sich quasi selbst der Nächste. Beschaffungskriminalität ist in unserer Wertegemeinschaft mittlerweile zum Tagegeschäft geworden, um überhaupt eine reale Überlebenschance in diesen sehr schwierigen und unberechenbaren Zeiten zu erhalten. Jeder Tag könnte deshalb durchaus der Letzte sein. Die gesellschaftliche Perspektive ging uns irgendwann in der bildlichen Betrachtung verloren und kam uns unwiderruflich abhanden.

Aus der Europäischen Union entstanden die Vereinigten Staaten von Europa. Ursprünglich als letzte Bastion der Demokratie und der Freiheit gedacht, entwickelte sich eine grausame und unbarmherzige Diktatur, die unsere Bevölkerung immer stärker mit Gewaltandrohung unterdrückt. Zunehmend kommt uns ein totalitärer Überwachungsstaat mit großen Polizei- und Militäraufgebot gefährlich nahe. Überwachungskameras und Sicherheitsdrohnen gehören ebenfalls zum Alltag der Menschen. Diese Form der Einschüchterungspolitik ist fast schon eine erschreckende Grundsatzhaltung, wenn nicht sogar eine erschütternde Selbstverständlichkeit des Staates. Natürlich alles nur zum Schutz der Bevölkerung. Denn Terroranschläge bestimmen fortan das Leben der meisten Bürger in diesem Land. Bekennerschreiben der „Radikalen Union" werden immer häufiger durch die Netzwerke der Medien veröffentlicht. Niemand weiß wofür diese Terrorgruppe eigentlich genau steht. Geht es um eine baldige Revolution? Oder steht nur die Verbreitung von Angst und Schrecken im Blickpunkt des Geschehens? Die Antworten bleiben zumindest vorerst offen. Vielleicht finden wir sie, wenn wir uns den weiteren Verlauf der Handlung einmal genauer anschauen.

Es war 22.00 Uhr abends, als es draußen dunkelte. Im Büro eines gewaltigen Verwaltungskomplexes in der Nähe von Hamburg wurde immer noch gearbeitet. Manche Menschen kennen offensichtlich kein Privatleben mehr. Dies traf vermutlich auch auf Frank Nockermann zu, der sich äußerlich als ein Mann, der etwa Mitte dreißig war, beschreiben ließ. In seinem dunkelblauen Anzug mit Schlips gekleidet wirkte er unscheinbar und verfügte über das typische Pflichtbewusstsein, wie wir es eigentlich nur bei Beamten kennen. Diese Form der Kleidung trug er nur, da sein Arbeitgeber dies von seinen Mitarbeitern verlangte. Die Mehrheit seiner Berufskollegen bezeichnete sie aus diesem Grund auch als Uniform. Beinahe schon ein Statussymbol, da sich normalerweise nur wenige gesellschaftlich privilegierte Bürger solche luxuriösen und sehr teuren Designerklamotten leisten können. Für ihn wurde sie zu einem wesentlichen Bestandteil seines Ichs.

Er war ein Mensch, der sich zwar ungern seiner Umgebung anpasste, aber er wollte nicht unangenehm auffallen und vermied jeden denkbaren Ärger. Die Gesellschaft machte aus ihm den perfekten Befehlsempfänger, der an das Wohl seiner Familie dachte und auf seinen Job angewiesen war. Es bestand eine existenzielle Abhängigkeit, aus der er sich nicht mehr befreien konnte, und entwickelte sich zum Sklaven seiner Arbeit und seiner Pflichten. Dabei schien ihm der Berufsalltag immer stärker zu überfordern, da die Arbeit seine volle Aufmerksamkeit verlangte. Der Leistungsdruck, der auf ihn lastete, hielt sich auf extrem hohem Niveau, sodass sein Familienleben in letzter Zeit deswegen viel zu kurz kam. Seine Ehe stand vor einer inneren Zerreißprobe. Seine Nerven erreichten einen riesigen Spannungsbogen, der ein Gefühl der Unverträglichkeit bei ihm verursachte, sodass er kurz vor dem seelischen Zusammenbruch stand. Selbst die Medikamente, die er regelmäßig einnahm, um seine schwachen Nerven zu beruhigen, halfen nur noch bedingt. Zusätzlich machten sich auch seine akutauftretenden Depressionen immer deutlicher bemerkbar, die verstärkt seit seiner Ehekrise in Erscheinung traten.

Seine extremen Stimmungsschwankungen wurden ihm zu einer großen Qual. Die Arbeit fraß ihn buchstäblich auf. Er bekam das Gefühl, dass kaum noch etwas von ihm übrigblieb. Jedoch, was sollte er tun? Der Job wurde gut bezahlt und die Arbeitsmarktsituation verschlechterte sich in letzter Zeit dramatisch. Es lastete eine große Verantwortung auf seinen Schultern. Er erschien häufig abgekämpft und müde auf der Arbeit. Die Erschöpfungszustände konnte jeder in seinem Gesicht ablesen.

Er betrat nach einer kurzen Kaffeepause wieder sein kleines Büro. Dort herrschte absolutes Chaos. Unsortiert lagen Papiere auf dem ganzen Schreibtisch herum. Das unaufgeräumte Büro schien das Ergebnis seiner emotionalen Überforderung zu sein. Er musste damit rechnen, dass sein Chef eventuell noch vor Feierabend vorbeikommen würde, um ihn zu kontrollieren. Dies machte er immer häufiger und zwar jedes Mal unangemeldet. In letzter Zeit erhielt Nockermann wegen dem Chaos auf seinem Schreibtisch viel Ärger mit seinen Vorgesetzten, worauf er verständlicherweise keine Lust mehr verspürte. Denn der Stress, der damit in Zusammenhang steht, setzte ihn in letzter Zeit psychisch massiv zu. Er machte sich daher zügig an die Arbeit, um sich eine nervenaufreibende Auseinandersetzung mit seinem Boss zu ersparen. Beim Sortieren der Ablage entdeckte er einen größeren Briefumschlag ohne Absender auf seinen Schreibtisch, worauf nur die Adresse seiner Arbeitsstelle und der Eingangsstempel, der mit dem 17.07.2168 datiert wurde, zu sehen blieb. Bei der Adresse befand sich der Zusatzhinweis „zu Händen Herrn Nockermann". Der Briefumschlag war verschlossen und verfügte auch über ein gewisses Gewicht, wie er bemerkte. Vermutlich wichtige Informationen, die mit der Arbeit seines Jobs in Verbindung standen.

Natürlich wollte er wissen, was es mit dem Inhalt des Briefes auf sich hatte, da es ungewöhnlich war, dass er solche Post in seinem Büro fand. Er fragte seinen Kollegen Rolf Lose aus dem Nachbarbüro, der ihm auch keine weiteren Hinweise geben konnte. Das Einzige, was sein Kollege ihm in diesem Moment mitteilte: „Ein Kurier hat die Post heute Nachmittag bei uns abgegeben". Diese Information half Nockermann in dieser ungewöhnlichen Situation nicht wirklich weiter, aber genau dieses verstärkte seine Neugier, und er vergaß dabei sogar, dass er eigentlich seinen Schreibtisch aufräumen wollte. Dann öffnete er den Umschlag, holte mehrere geschriebene Seiten heraus und las folgende Zeilen:

Hamburg, d. 15.07.2168

Sehr geehrter Herr Nockermann,
es ist zugegebenermaßen schwierig für mich, hier die richtigen und passenden Worte zu finden. Jeder ernsthafte und

seriöse Journalist kennt dieses vorherrschende Problem. Und wirklich ernsthafte Journalisten gibt es, wie sie sicherlich wissen, zurzeit nicht mehr sehr viele, und sie werden meist politisch und strafrechtlich verfolgt. Sie werden von unserer korrupten Regierung zu radikalen Staatsfeinden oder sogar zu gefährlichen Terroristen degradiert. Die politische Gleichschaltung, die damit im Zusammenhang steht, ist leider zur neuen und auch schockierenden Normalität des 22. Jahrhunderts geworden. Die Hofberichterstattung erweist sich mehr und mehr als bitterböse Alltagsrealität, ein hässliches und grauenhaft verzerrtes Spiegelbild unserer Gesellschaft, welches sich leider für mich endgültig nicht mehr ignorieren lässt. Daran wird sich so schnell auch nichts mehr ändern. Außer es gibt endlich eine Revolution, die mit unseren Unrechtsstaat und ihrer grausamen Schreckensherrschaft aufräumt. Doch die Angst in der Bevölkerung ist momentan noch zu groß, sodass man zumindest kurzfristig nicht von einer Wechselstimmung ausgehen kann. Die Furcht ist über all in den Straßen in vollem Umfang spürbar. Auch der S.A.-Medienkonzern, der eher regierungstreu ist, erlangte zu viel Macht in letzter Zeit, die niemand unterschätzen darf. Und andere Medienkonzerne, davon gibt es bekanntermaßen nicht mehr sehr viele, haben nur noch eine Alibifunktion, deren Aufgabe sich nur darauf beschränkt, eine Meinungsvielfalt der Presse vorzutäuschen. Die Faktenlage ist jedoch, wie sie sicher wissen, eine völlig andere. Diese Tatsache ist Ihnen sicher nicht wirklich neu, aber trotzdem verspürte ich das Bedürfnis, es hier offen im Brief anzusprechen, da es sich nur noch wenige trauen, die politische Lage offiziell zu machen.

Nun muss ich quasi meinen inneren Schweinehund überwinden, diesen Brief überhaupt in irgendeiner Form beginnen zu können. Dabei habe ich die Hoffnung, dass ich während des Schreibens die richtigen Worte finde und dass ich mit Ihnen den richtigen Ansprechpartner gefunden habe.

Das Anliegen meines Schreibens sind die seltsamen und mysteriösen Vorgänge, die sich in letzter Zeit in Dulsberg, einen Stadtteil mitten in Hamburg, ereignet haben. Viele Geheimnisse sind dabei schwer zu lüften und manche von ihnen werden es wahrscheinlich nie. Hierbei stellt sich für mich oft die Frage, ob sie alle überhaupt gelüftet werden sollten? Manchmal kann ein nicht gelüftetes Geheimnis das Leben vieler unschuldiger Menschen retten. Offenbarte Geheimnisse können Personen, die sich zuvor in Sicherheit befanden, in akuter Lebensgefahr bringen. Sie glauben mir nicht? Dann hören Sie sich meine Geschichte an! Vielleicht kann ich Sie doch von meinem Standpunkt überzeugen.

Jedoch zunächst einmal möchte ich mich Ihnen vorstellen. Mein Name ist Alfred Kemper, und ich verdiene meinen Lebensunterhalt als verlagsunabhängiger Buchautor und als freier Journalist. Sehr wahrscheinlich haben Sie noch nicht viel von mir gehört. Denn ich bin immer noch ein unbeschriebenes Blatt in der Medienbranche, die genau wie unsere Währung über einen hohen inflationären Charakter verfügt. Kennen tun mich zweifelsfrei nur wenige. Ich bin trotz meiner zweiundvierzig Jahre bisher noch nicht sehr erfolgreich gewesen, aber trotzdem halte ich mich für einen guten Autoren; andere halten mich für eine gescheiterte berufliche Existenz. Finanziell halte ich mich sehr mühsam über Wasser. Und meine kurzfristigen Beziehungen zum weiblichen Geschlecht sprechen in diesem Zusammenhang ihre eigene und sehr spezielle Sprache. Dennoch habe ich mich offen gesagt nie verrücktmachen lassen, um mich nicht unnötig selbst zu zerfleischen. Für mich ist heutzutage nur das Schreiben wichtig und erste Schritte des Schreibens halfen mir aus einer Identitätskrise in der Vergangenheit heraus. Es ist für mich die ideale, fast perfekte Möglichkeit mit dem Alltag meines Lebens zurechtzukommen, indem ich ihn immer ständig, beinahe ununterbrochen reflektiere und analysiere. Nur dadurch ist es mir überhaupt möglich geworden, meinen bisherigen Alkoholkonsum einigermaßen unter Kontrolle zu halten. Ohne das Schreiben würde ich mich tagtäglich mit Bier, Wodka, Whisky oder Rum betäuben, nur um mir die trügerische Illusion zu erhalten, dass das Leben in dieser schrecklichen Diktatur doch halbwegs erträglich ist. Dieses alltägliche und selbstzerstörerische Betäubungsritual bleibt mir zumindest vorläufig erspart. Da ich jetzt in Gefahr bin, muss ich mich gezwungenermaßen der neuen Realität stellen, kann mich nicht länger in den Alkohol flüchten. Es gibt für mich nur die Möglichkeit, meine Probleme und Ängste, die ich Ihnen in meinem Brief sehr genau schildern werde, zu akzeptieren, um somit mein starkbeschädigtes Leben wieder auf Dauer in den Griff zu bekommen.

Nun aber möchte ich nicht länger in Selbstmitleid zerfließen, sondern zum eigentlichen Anliegen meines Briefes kommen. Meine journalistische Neugier machte mich auf die brisanten Ereignisse in Dulsberg aufmerksam. Ich sah darin meine riesengroße Chance, endlich den langersehnten Durchbruch als Reporter zu schaffen und hoffte, die verdiente Anerkennung für meine berufliche Arbeit zu erlangen. Das Geheimnis von Dulsberg sah ich für mich als Herausforderung, nach der ich so lange Zeit suchte. Dabei war ich in etwas hineingeschlittert, was mich in eine lebensgefährliche Zwickmühle brachte. Meinen momentanen Aufenthaltsort kann ich Ihnen vorläufig nicht verraten. Es gibt auch keinen Absender auf diesem Brief. Für diese Vorgehensweise bitte ich Sie vielmals um Verständnis. Einer der Gründe, warum ich so ein riesengroßes Geheimnis um meine Person mache, ist meine persönliche Sicherheit. Ich fürchte, ich schwebe in Lebensgefahr. Und ehrlich gesagt, weiß ich nicht, wem ich tatsächlich in dieser bedrohlichen Situation noch vertrauen kann. Jede Person meines Vertrauens kann für mich gefährlich sein und mich unabsichtlich oder absichtlich an die Staatsgewalt verraten. Die Angst steckt mir noch tief in den Knochen. Ich hoffe, dass Sie meine jetzige Vorsicht verstehen. Trotz meiner Zweifel brauche ich aber jemanden, der mir hilft, um mich wieder aus dieser schwierigen Lage zu befreien. Sie sind offensichtlich meine letzte Hoffnung, lebend aus dieser heiklen Situation herauszukommen. Somit gehe ich das Risiko des Verrats ein.

Nockermann unterbrach an dieser Stelle des Briefes kurz das Lesen. Schlagartig überkam ihn ein Müdigkeitsanfall. Er spürte eine enorm starke Erschöpfung. „Warum jetzt diese akute Niedergeschlagenheit", tauchte bei ihm in diesem Zusammenhang als naheliegende Frage auf. „Es gestaltete sich zuvor ein langer und arbeitsreicher Tag", kam bei ihm gedanklich als Antwort an. Deshalb brauchte er unbedingt noch einen weiteren Becher heißen Kaffee, um lange genug durchhalten zu können. Bringt das koffeinhaltige Heißgetränk ihm den gewünschten Erfolg? Zumindest hoffte er es inständig. Die „Hallo-Wachdroge", die er in seiner gesetzlichen Arbeitspause trank, empfand er nicht als ausreichend, um längerfristig aufmerksam bleiben zu können. Seine Konzentrationsfähigkeit blieb nun in vollen Umfang gefordert. Denn er ahnte, dass der Inhalt des Briefes ihn allein schon wegen der hohen Seitenzahl vermutlich die ganze Nacht beschäftigen würde.

Bereits beim Lesen der ersten Zeilen konnte er erkennen, dass jemand einer brisanten Sache, möglicherweise einen skandalumwitterten Komplott auf der Spur war und zweifelsfrei sein Leben riskierte. Natürlich wusste Nockermann nicht, welche gefährlichen Enthüllungen die Geschichte des Briefes noch offenlegen würden, aber genau diese Tatsache übte eine gewisse Faszination auf ihn aus, der er sich einfach nicht mehr entziehen konnte. Große Überstunden kündigten sich mit absoluter Gewissheit an, was wiederum bedeutete, dass seine Familie, wie sooft, viel zu kurz kam. Darauf nahm er offensichtlich keine Rücksicht mehr. Vermutlich betrachtete er seine Ehe ohnehin als gescheitert, auch wenn er diese unübersehbare Wirklichkeit häufig in der Vergangenheit aus seiner Gefühlswelt und somit auch aus seinem Bewusstsein verdrängte. Wer mag sich schon gerne als Versager fühlen? Verständlicherweise niemand.

Sein Wissensdurst schien ihn in diesem Moment auch wichtiger zu sein als seine eheliche Beziehung. Darüber hinaus spürte er im tiefsten Inneren, dass er in Verlauf der Handlung selbst in Gefahr geraten konnte. Jedoch schreckte es ihm überraschenderweise nicht davon ab, seinen Weg unbeirrt weiterzugehen. Er wollte jetzt unbedingt das Geheimnis von Dulsberg lüften. Wer ist in diesem Zusammenhang eigentlich dieser Alfred Kemper? Folgt am Ende eine Sensation von großer Tragweite? Fragen über Fragen türmten sich in seinen Schädel auf. Seine Birne drohte bereits jetzt schon zu explodieren.

Die Unsicherheit, die hier unbestreitbar bei unseren Protagonisten entstand, verursachte gleichzeitig ein beklemmendes Gefühl der Angst. Es schien eher ungewöhnlich zu sein, dass er es schaffte, über seinen eigenen Schatten zu springen. Er konnte sich trotz seiner Lebensängste, die ihn seit seiner Kindheit begleiteten, den Reiz des Risikos aber nicht mehr entziehen. Der Kampf seiner widersprüchlichen Gefühle, die ständig zwischen Angst und Neugier schwankten, galt somit als entschieden. Seine Fragen konnte er sich nur dann beantworten, wenn er den Brief weiterlesen würde. Also stürzte er sich wieder auf den Text, nachdem er sich einen neuen Kaffee aus dem Nachbarbüro geholt hatte:

Aber nun zu meiner Geschichte. Meine Erlebnisse und Eindrücke habe ich hier in tagebuchähnlicher Form festgehalten, auch wenn es für Sie vermutlich ungewöhnlich erscheinen mag. Die Ausführlichkeit meiner Aufzeichnungen wird aber bestimmt dazu beitragen, sich ein besseres und detailiertes Bild von der Gesamtsituation zu machen. Die Ausmaße der dramatischen Entwicklung der Ereignisse, die mich und andere in Gefahr brachten, kann ich in dieser Form verständlich/ begreiflich machen. Es unterstreicht die Wichtigkeit und die Dringlichkeit meines Anliegens, das ich Ihnen bereits zu Beginn meines Briefes andeutete. Das nötige Hintergrundwissen wird Ihnen hoffentlich dabei die Möglichkeit verschaffen, mir zu helfen, denn ich bin auf Ihre Hilfe angewiesen. Dies möchte ich an dieser Stelle der Aufzeichnungen nochmals ausdrücklich und klar betonen. Für das weitere Lesen des tagebuchähnlichen Berichtes bitte ich Sie um etwas Geduld, da sich der Inhalt meiner Geschichte über mehrere Seiten erschließt, und ich manchmal die Angewohnheit habe, gedanklich abzuschweifen beziehungsweise eine kleine Zwischenanalyse der Ereignisse vorwegzunehmen.

Wie viele andere Geschichten auch, fing diese sehr harmlos an. Meine Story begann am 10. Juni 2168. An diesem besagten Tag schien die Sonne sehr stark, was in den letzten Jahren keine Seltenheit mehr darstellte, da das Klima um sein natürliches Gleichgewicht gebracht wurde und durch die rücksichtslosen Eingriffe des profitstrebenden Menschen immer mehr an Unberechenbarkeit gewann. Die Natur begann sich irgendwann grausam an den Menschen zu rächen. Die Umweltkatastrophen in Form von Unwettern, Überschwemmungen, extremen Hitzewellen oder Wirbelstürmen, durch die die Menschen mit zerstörten Straßen, zerstörten Häusern, zerstörten Ernten sowie verstorbenen Angehörigen konfrontiert werden, nehmen daher zunehmend sehr bedrohliche Ausmaße auf unseren Planeten an. Kaum ein Tag, an dem die Medien nicht über Umweltkatastrophen berichtet wird. Dieser Stil der Berichterstattung vermittelt den Bürgern das Gefühl, in ständiger Angst und Panik leben zu müssen. Alles läuft nach dem Motto: „Der Weltuntergang steht uns unmittelbar bevor. Die Apokalypse naht". Eine Schreckensherrschaft der Presse wurde auf diesem Wege errichtet. Dabei übten die Medien keine nennenswerte Kritik an die Wirtschaft oder an die Politik, was durchaus angebracht wäre, sondern ihr ging es ausschließlich um die Sensation einer Katastrophe, die mit vielen tragischen Menschenschicksalen verbunden ist, zu präsentieren. Solche Ereignisse ermöglichen hohe Einschaltquoten und riesige Zeitungsauflagen. Somit sind auch in dieser Branche wahnsinnig hohe und moralisch verwerfliche Profite garantiert. Aufklärung über politische Korruption, die im Zusammenhang mit dem Klimawandel steht, wird es sicher nicht geben, da die Nachrichten bekanntermaßen gleichgeschaltet sind. Die Medien sind weitgehend quasi nur das Sprachorgan der aktuell am tierenden Regierung. Der Klimawandel wurde trotz negativer Vorzeichen zugunsten der Wirtschaft jahrzehntelang ignoriert, sodass sich die Politik schnell nachweislich als Komplize der Selbstzerstörung entlarvte. Folgerichtig entstand vor einigen Monaten eine Jugendbewegung, die sich fortan *„Weekends for Future"* nannte. Diese Gruppe versammelte sich regelmäßig zum Ende der Woche vor dem Hamburger Rathaus, um die oben angedeuteten Machenschaften öffentlich zu machen. Mit polizeilicher Gewalt wurden diese Versammlungen bisher brutal und im wahrsten Wortes knüppelhart unterdrückt. Es gab stets viele Tote und Schwerverletzte.

Eine „Turnschuh-Gang" mischte sich unter den Demonstrierenden. Es handelte sich letztlich um Polizisten in Zivilkleidung, die die Aufgaben haben, die Situation eskalieren zu lassen. Auf diese Weise konnte die Staatsgewalt ihre Gräueltaten gegenüber der Öffentlichkeit rechtfertigen. Einfach schockierende Bilder, die ich sehr häufig live in Fernsehen wahrnehmen musste. In der digitalen Welt des Journalismus wurden die Jugendlichen hinterher immer als Terroristen und Landesverräter dargestellt, was natürlich nicht den Tatsachen entsprach. Abenteuerliche Biografien über festgenommene Aktivisten kamen an die Öffentlichkeit. „Doku-Seifenopern" dominieren die TV-Landschaft im großen Stil. Die gesellschaftliche Manipulation ist dadurch zu einer bitteren Realität unseres Alltags geworden. Genauso wie die grausame Staatsgewalt. Eine erschreckende und furchtbare Normalität wird sich mir offenbart.

Bei dieser Form des Journalismus fühle ich mich verständlicherweise unwohl, da immer bewusst mit den Ängsten der Menschen gespielt wird. Alles nur um ein fieses Instrument der Meinungsmache und der Manipulation aufrecht zu erhalten. Offensichtlich ist dies der entscheidende Weg, damit die Bevölkerung unter Kontrolle gehalten wird. Kaum jemand wagt es, Einspruch zu erheben, da man sonst selbst Opfer des Machtapparates wird. Kann ich mich damit abfinden? Eher nicht.

Die Seriösität meines Berufes ist leider spürbar abhanden gekommen. Dafür schäme ich mich zutiefst. Niemals darf sich ein Reporter vom Staat instrumentalisieren lassen, sondern er erhält eigentlich vielmehr die Aufgabe, die Meinungsvielfalt in der Bevölkerung zu gewährleisten, indem er den Bürgern nach besten Wissen und Gewissen objektiv und ehrlich berichtet. Dies schließt auch mit ein, dass die Politik in unseren Staat kritisiert werden darf. Es wäre im idealen Fall Ausdruck von freier Meinungsäußerung, die uns eigentlich verfassungsrechtlich garantiert ist. Jedoch diese Form der Demokratie verschwand im Laufe der Zeit ins Nirwana. Nun möchte ich an dieser Stelle diese Gedanken nicht weiter vertiefen, sondern mich lieber auf das Geheimnis von Dulsberg konzentrieren.

Ich bin ein Mensch, der versucht, den Augenblick zu genießen und wollte aus diesem Grund den 10. Juni besonders nutzen. Mein Lebensmotto hieß an diesem besagten Tag: „Genieße das Leben, so lange es noch geht, denn das Leben ist kurz und hinterher ist man so lange tot"! Für mich eine Lebensweisheit, die mich bisher mein ganzes Leben begleitet hat. Nicht zum ersten Mal blickte ich den Tod ins Angesicht. Denn mein Beruf als Journalist hat mir sehr oft die Realität offenbart, dass unser menschliches Dasein endlich ist, auch wenn viele dies allzu gerne aus ihrem Kopf verbannen. Niemand ist unsterblich. Unsterblich ist bestenfalls die Erinnerung an die Nachwelt. Für mich eine Tatsache, die mir augenblicklich wieder ins Bewusstsein gerufen wurde. Auch beim Geheimnis von Dulsberg kann ich mir nicht sicher sein, ob ich dieses gefährliche Abenteuer tatsächlich überlebe.

Nun setzte ich mich nach den Horrornachrichten meiner 8K-Glotze auf dem Balkon meines kleinen Appartements und genoss das sonnige Wetter, bis plötzlich das blöde Handy klingelte. Am anderen Ende der Leitung meldete sich ein alter Kumpel von mir, den ich seit mehreren Jahren nicht mehr gesehen habe. Sein Name für die Geschichte ist einfach nur Konrad Mustermann. Wir kennen uns schon seit unserer gemeinsamen Studienzeit in Heidelberg. Studiert haben wir, wie sollte es auch anders sein, Journalismus. Konrad galt zu Studienzeiten als ein sehr ehrgeiziger Mann. Er bekam regelmäßig die besten Noten seines Jahrgangs und behielt immer sein Ziel, Karriere zu machen, klar vor Augen. Für viele Studienkameraden galt er als absoluter Streber und machte sich aus diesem Grund sehr unbeliebt. Großer Neid kam bei einigen Studierenden wegen seiner zwischenzeitlichen Erfolge auf. Er gewann nach relativ kurzer Zeit einige Schreiberwettbewerbe und Auszeichnungen. Dafür bewunderte ich ihn im Gegensatz zu manchen Studienkollegen. Allerdings kurz nach dem Ende des Examens verloren wir uns unerwartet aus den Augen. Er verschwand auf einmal völlig spurlos. Zu schnell zog ein neuer Nachmieter in seine alte Wohnung ein, sodass ich anfing zu bezweifeln, ob Konrad je existierte. Sein Verschwinden wirkte auf mich sehr geheimnisvoll und mysteriös. Es blieb lange Zeit ein Rätsel, das ich damals nicht entschlüsseln konnte. Auch heute kann ich mir sein plötzliches und unerwartetes Verschwinden nicht eindeutig erklären. Zwischen uns gab es keinen nennenswerten Streit, der solch ein merkwürdiges Verhalten von ihm begründet hätte. Er machte keine Andeutungen, dass er spezielle Pläne bezüglich seiner Karriere schmiedete oder dass er überhaupt einen Schauplatzwechsel beabsichtigte. Unruhe kam bei mir hoch, weil ich mir große Sorgen um ihn machte. Was war eigentlich passiert? Jedoch ich erhielt keine Antwort auf diese Frage. Verfolgte Konrad eine heiße journalistische Spur, die ihm möglicherweise zum Verhängnis wurde? Ebenfalls keine Antwort für mich ersichtlich. Wieso weihte er mich nicht ein? Wieder nur eine beunruhigende Stille, die mir arg zu schaffen machte. Eine schwierige Situation, die ich damals nicht lösen konnte. Irgendwie fühlte ich mich hilflos und beinahe verzweifelt. Ein Ohnmachtsgefühl entstand. Vielleicht ist dieses Kapitel meines Lebens einer der Gründe für mein heutiges Alkoholproblem.

Bei unserem letzten Treffen in meiner Studentenbude schien alles wie gewohnt zu sein. Wir tranken viel Bier, diskutierten u.a. über Literatur und erzählten von unseren erotischen Abenteuern in den Bordellen. Darum konnte ich gedanklich nicht nachvollziehen, dass der Kontakt abrupt wegfiel und ich auf Dauer ohne ein Lebenszeichen oder einer Spur von ihm blieb. Niemand wusste, wo er sich aufhielt. Selbst seine Familienangehörigen konnten mir keine plausible Auskunft erteilen. Teilweise gewann ich den Eindruck, dass sie, aus welchen Gründen auch immer, eine enorme und überdurchschnittliche Angst verspürten. Darum hakte ich nicht in der üblichen Art nach, wie ich es eigentlich sonst praktiziere. Ich wollte diese Menschen nicht unnötig in Verlegenheit oder sogar in Gefahr bringen. Meine Nachforschungen blieben bedauerlicherweise erfolglos. Alle Spuren verliefen im Sande. An die Polizei konnte ich mich damals schon nicht wenden. Ihr konnte ich in dieser Angelegenheit nicht wirklich vertrauen. Möglicherweise spielte sie nicht mit offenen Karten. Dies hätte womöglich Konrad oder mich erst recht in eine missliche Lage gebracht. Notgedrungen gab ich meine Suche auf. Jahrelang hörte ich nichts von ihm.

Plötzlich, nach Jahren völliger Abwesenheit, meldete er sich per Handy bei mir. Am Apparat berichtete er, dass er Karriere bei einer inoffiziellen Behörde gemacht habe, die kaum jemand kennt, was sofort meine journalistische Neugier weckte. Inoffizielle Behörde? Gibt es so etwas überhaupt? Wie ist der Name dieser dubiosen Behörde? Welche Menschen arbeiten dort? Welche Ziele werden von ihr verfolgt? Eine Vielzahl neuer Fragen entstand in meinem Kopf. Jedoch wollte er mir am Telefon nicht vielmehr erzählen. Vermutlich zu gefährlich. Es bestand durchaus die Option abgehört zu werden. Die Überwachungstechnik machte im Laufe der letzten Jahre bedrohliche Fortschritte, die wir nicht unterschätzen durften. Daher folgte nur ein belangloser Smalltalk, der den „Zuhörern" wohl eher langweilte. Zumindest hoffte ich es. Wir vereinbarten ein Treffen für

22.00 Uhr in einer kleinen Kneipe in Dulsberg. Offiziell ein harmloses Wiedersehen zwischen alten Freunden.

Es war 21.30 Uhr, als ich mit der U-Bahn der Linie U1 an der Station Alter Teichweg eintraf. Dort warteten überall sehr bedrohlich die Überwachungskameras auf mich, die mir ständig das ungute Gefühl vermittelten, beobachtet und kontrolliert zu werden. Von staatlicher Seite aus heißt es immer, dass sie zu unserem eigenen Schutz installiert sind, aber als mir ihre Präsenz wieder bewusst wurde, kamen mir große und wohlmöglich berechtigte Zweifel, was diese Aussage anging. Die Drohnen, die zusätzlich zu deren Verstärkung über unseren Köpfen schwirrten, vergrößerte meine Skepsis. Irgendwie kann ich mich an diesen Überwachungsstaat nicht gewöhnen. Es wird mir der Eindruck erweckt, dass jeder Bürger als Schwerkrimineller vorgeführt werden soll. Natürlich wurde mir an diesem Tag sehr schnell bewusst, dass die Überwachungstechnik nicht nur in Dulsberg vorhanden ist, sondern in allen Stadtteilen Hamburgs. Jedoch kein Stadtteil wurde so streng kontrolliert wie dieser. Nie habe ich bis dahin verstanden, warum es so gemacht wurde. Was kann an diesem Platz schon schlimmes verbrochen werden? Jedoch entdeckte ich keinen Hinweis, der meine Frage auch nur ansatzweise beantworten konnte.

Dieses Überwachungssystem, das weit in die Privatsphäre der Bürger eindringt, haben wir dem politischen Aktionismus des Brüsseler Innenministers Adolf Schaubler zu verdanken. Seit vorigem Jahr sind wir Bürger gesetzlich kaum in der Lage, uns gegen die staatliche Willkür und polizeiliche Gewalt zur Wehr zu setzen. Hierbei wurden verfassungsrechtliche Bedenken mit einer größeren Geldzahlung an den „Europäischen Gerichtshof" beseitigt. Offiziell gab es natürlich diese finanziellen Transaktionen nicht. Und eindeutig beweisen kann es zurzeit auch niemand. Also muss ich vorsichtig mit solchen Äußerungen in der Öffentlichkeit sein. Sonst spiele ich der Gegenseite eine Trumpfkarte in die

Hände, die für mich vorzeitig zu einer ungewollten Niederlage führen könnte.

Die Digitalisierung ist nahezu in staatlicher Gewalt. Diese Tatsache macht oppositionelle Kräfte quasi weitgehend handlungsunfähig. Sie werden auf diese Weise bequem kaltgestellt und weitgehend verbal eingefroren. Deshalb bleibe ich bei meiner Position, dass Bestechungsgelder geflossen sein müssen, wenn auch vorerst nur inoffiziell. Die zweifelhaften Gerichtsurteile sprechen in diesem Zusammenhang ihre eigene und sehr charakteristische Sprache. Die bürgerlichen Klagen wurden mit absurden Begründungen, die keiner wirklich nachvollziehen kann, abgeschmettert. Das Gericht verzettelte sich dabei immer stärker in Widersprüche. Der Europäische Gerichtshof ist für mich daher nur noch eine Scheinorganisation, um die Illusion zu erwecken, dass wir weiterhin in einem angeblichen intakten demokratischen Rechtsstaat leben. Eine Realität, die mir an dieser Stelle meiner Aufzeichnungen wieder sehr deutlich ins Bewusstsein drang. Mir wurde speiübel bei diesen Gedanken. Ein Schwindelgefühl ließ sich nicht vermeiden. Genauso offenbarte sich mir ein unangenehmer Brechreiz.

Vermutlich könnte das Messerattentat, das letzte Jahr am 22. August während eines Referatsvortrags im großen Hörsaal des Zentralgebäudes der Hamburger Universität zum Thema **„Innerer Sicherheit"** auf Minister Schaubler von einem Amok laufenden Studenten verübt wurde, der Antrieb für dieses dubios angehauchte politische Handeln gewesen sein. Zumindest nutzte der Politiker das Ereignis für die Verschärfung des Überwachungsstaates. Geschickt täuschte er mithilfe der Medien kurz nach dem Attentat die Menschen für seine durchtriebenen Machtspiele, die sehr ambitioniert wirkten, um es mal vorsichtig auszudrücken. Gnadenlos setzte er sein Vorhaben gegen seine politischen Gegner durch. Eiskalt wurden sie nacheinander durch hinterhältige Intrigenspielchen ausgeschaltet. Der „mutmaßliche" Attentäter wurde beispielsweise per Gerichtsurteil zum Tode verurteilt und zwar ohne Chance, in Berufung gehen zu können. Begründung? Die Schuld des Angeklagten galt als klar erwiesen, und er wäre bei einer Freilassung ein potenzieller Wiederholungstäter, obwohl nur Indizien dem Gericht vorlagen. Darüber hinaus wurde der Beschuldigte nicht auf frischer Tat erwischt. Genauso konnte er nicht eindeutig von Zeugen oder Kameras identifiziert werden. Der Angeklagte sah den Attentäter letztlich nur sehr ähnlich. Für mich war es offensichtlich, dass um jeden Preis ein Schuldiger gefunden werden musste. Vermutlich soll der Schauprozess als Abschreckung für politische Gegner dienen. Zusätzlich wurde der Student als gemeingefährlich eingestuft, um das überharte Gerichtsurteil zu rechtfertigen. Genaue Hintergründe für die Tat wurden ebenfalls nicht näher untersucht. Das Motiv des Attentats sollte wahrscheinlich gar nicht erst ans Licht kommen. Denn möglicherweise hätte es den Bürgern ins Bewusstsein gerufen, dass wir in einen Unrechtsstaat leben. Und der S.A. Medienkonzern konnte sich wieder über eine Live-Hinrichtung in Fernsehen freuen. Denn hohe Werbeeinnahmen sind mit solchen voyeuristischen „Tötungsevents" verbunden. Die grausame Sensationslust der Massen wurde in absoluter Konsequenz voll befriedigt, sodass mir die teuflische Allianz zwischen den Medien und der Politik in erschreckenderweise wieder schmerzhaft vor Augen geführt wurde.

Andere politische Gegner sollen angeblich in irgendwelche Spendenskandale verwickelt gewesen sein. Skandalöser Steuerbetrug in großen Stil soll es gegeben haben. „Welch bittere Ironie", dachte ich, als ich diese Nachrichten hörte. Dennoch musste ich zugeben, dass sich solche Fake-News schon relativ gut verkaufen lassen. Andererseits wirken die Skandale zu konstruiert, um tatsächlich glaubwürdig zu sein. „Doch das Volk ist dumm wie Schifferscheiße", kam mir als nächster Gedanke in den Kopf. Daher setzte sich Adolf S. mit seinen fragwürdigen Aktivitäten immer stärker durch. Sein Einfluss in der Politik stieg gewaltig. Aktuell ist er jetzt einer der mächtigsten Politiker im Europäischen Parlament im Brüssel. Er ist vor kurzem sogar zum Vize-Kanzler aufgestiegen. Verdrängt er demnächst die amtierende Kanzlerin Andrea Märklin? Zurzeit ist es noch ergebnisoffen.

Zugegeben, er entkam nur knapp dem Tod, und es war auch zweifelsfrei ein traumatisches Erlebnis für unseren Innenminister. Ist dies aber eine ausreichende moralische Rechtfertigung für seine rücksichtslose Vorgehensweise? Eher nicht. Adolf S. überstand die Reha im Eppendorfer Krankenhaus (UKE) überraschenderweise gut und verschaffte sich durch das furchtbare Erlebnis taktisch einen politisch entscheidenden Vorteil. Es stößt mich ab und widert mich geradezu an, wenn jemand gezielt aus Berechnung versucht, Kapital aus dieser Situation zu schlagen. Bei allem Mitgefühl: Die Inszenierung seiner Rückkehr auf der politischen Bühne wirkt auf mich sehr befremdlich. Die Tatsache, dass er nun Rollstuhl sitzt, ändert nichts an meiner persönlichen Einstellung. Fast eher im Gegenteil. Das Drama wird dadurch nur auf die Spitze getrieben. Wohin wird es uns letztlich führen? Sein fanatischer Feldzug gegen die Bürgerrechte zeigt mir nur sehr deutlich, dass wir aktuell mehr Angst vor der Polizei als vor irgendwelchen Gewaltverbrechern haben müssen. Hier lässt sich kaum noch unterscheiden, wer eigentlich krimineller ist. Der totalitäre Polizeistaat oder derjenige, der gegen das geltende Gesetz verstößt? Eine Tatsache, die mir seit dem 10. Juni besonders bewusst wurde.

Die Polizei- und Militärpräsenz auf den Straßen konnte ich ebenfalls nicht übersehen. An fast jeder Straßenecke standen zwei Polizisten oder Soldaten, jeder mit einer Maschinenpistole ausgerüstet und stets mit dem Finger am Abzug, sodass sie bei einer vermeintlichen falschen Bewegung sofort schießen konnten. Diese Einschüchterungsstrategie verfügt durchaus über die Eigenschaft, Menschen besser und effektiver überwachen zu wollen. Viele Bürger sind daher total verängstigt. Welches Fazit resultiert daraus? Wir werden systematisch gefügig gemacht, und eine Ohnmachtsstimmung in der Bevölkerung ist leider die logische Folge.

Bei mir stellte sich ein Gefühl eines vorherrschenden militärischen Ausnahmezustandes auf den Straßen ein. Die Straßen blieben größtenteils wie leergefegt. Nur selten zeigte sich ein Auto. Meist sah man nur hochmoderne Panzer, die in bestimmten zeitlichen Intervallen als zusätzliche Kontrolle Präsenz zeigten. Durch die hohen Benzinpreise können sich sowieso nur noch wenige privilegierte Bürger heutzutage in unserer Gesellschaft ein Auto leisten. Ein Benzinpreis von 50 Euro pro Liter ist bedauerlicherweise keine Seltenheit mehr. Es heißt, die Ölreserven gehen nun endgültig zur Neige, und die Alternativen zum herkömmlichen Kraftstoff sind noch nicht ausreichend getestet, behauptet zumindest die jetzige Regierung. Auch hier wird ein Lügengerüst errichtet, mit dem Ziel den Bewegungsradius der Menschen stärker einzuschränken. Die absolute Kontrolle des Staates wird zweifelsohne angestrebt. Die Strategie scheint tatsächlich aufzugehen. Aus Kostengründen musste ich beispielsweise mein heißgeliebtes Auto gezwungenermaßen aufgeben. Eine Tatsache, die mich verständlicherweise ärgerte, weil ich sie nicht mehr ändern konnte.

Die gesamte Atmosphäre an diesem unbehaglichen Ort wirkte einfach nur gespenstisch. Dass einzig Positive an diesem besagten Tag blieben die schicken blauen Uniformen der Polizisten, ein Überbleibsel aus früheren, vielleicht sogar aus besseren Zeiten. Eine schillernde Persönlichkeit, dessen Namen ich momentan vergessen habe, führte diese Uniform in Rahmen seiner Tätigkeit als Innensenator in Hamburg ein. Dieser Mann präsentierte sich gerne als große moralische Instanz in den öffentlich rechtlichen Medien, teilweise auch mit dem Ziel, seine krankhafte Eitelkeit in vollen Umfang zu befriedigen. Warum mir der Name dieses Mannes entfallen ist? Vielleicht liegt es daran, dass dieser Mann nur für knapp zwei Jahre im Amt blieb und trotz großer Versprechen wenig geleistet hat. In solchen Fällen sind bei mir Namen schnell Schill und Rauch. Von ihm weiß ich nur, dass er möglicherweise in irgendwelche illegalen Geschäfte verwickelt gewesen ist und sich deshalb nach Südamerika abgesetzt haben soll. Das damalige Reiseziel dieser Unperson hieß meines Erachtens Brasilien. Sogar Drogenkonsum wurde dem ehemaligen Innensenator nachträglich vorgeworfen, wenn auch nicht offiziell, da die Regierung bemüht blieb, ihr Gesicht zumindest äußerlich zu wahren. Vermutlich liegt der scheinheilige Moralist mittlerweile irgendwo am Strand und lebt im wahrsten Sinne des Wortes wie Graf Koks.

In diesen Verdachtsvermutungen ist allerdings noch nichts eindeutig bewiesen, es sind zunächst nur Gerüchte im Umlauf. Häufig verbirgt sich aber hinter einem Gerücht ein Körnchen Wahrheit. Im Internet tauchte beispielsweise für kurze Zeit ein Video auf, das beweisen sollte, dass der ehemalige Innensenator tatsächlich Drogen im großen Stil nahm. Schnell entfernte es die Regierung aus dem Netz. Wahrscheinlich politisch zu brisant. Offensichtlich ist es einigen Aktivisten gelungen das staatlich kontrollierte Internet zu hacken, um auf den Sachverhalt aufmerksam zu machen, mit dem Ziel, die Bevölkerung endlich wachzurütteln. Jürgen Biedermann, der langjährige Regierungssprecher des Hamburger Senats, bemühte sich um Schadensbegrenzung und verkündete in den Abendnachrichten, dass es sich hierbei um ein manipuliertes Video handelt, dass von böswilligen Terroristen im Umlauf gebracht wurde, um den hochgeschätzten Ex-Innensenator im Verruf zu bringen. Für mich eher ein klares Indiz, dass irgendetwas in diesem Zusammenhang von der Hamburger Regierung verschleiert wurde, da sie nicht gerne in einem schlechten Licht dastehen wollte. Dies kann sich die Regierung in ihrer jetzigen Lage nicht wirklich erlauben.

Die Bevölkerung ist mit der aktuellen wirtschaftlichen Entwicklung und ihrer daraus resultierenden prekären sozialen Situation sehr unzufrieden. Eine hohe Inflation, Massenarbeitslosigkeit und Lebensmittelknappheit sind zu einer bitteren Realität des Alltags in unserer Gesellschaft geworden. Viele Menschen müssen weit unterhalb des realen Existenzminimums leben. Materielle Not und politische Skandale vertragen sich nicht lange in unserer angeblich ehrenwerten Gemeinschaft. Es ist eine gefährliche Mischung, die bei der kleinsten Entzündung sofort explodieren würde, wie ein leicht entzündbares Pulverfass.

Der Schwarzmarkt ist ein gutes Beispiel für die vorherrschende Armut in unserer Bevölkerung, der ähnlich wie zum Ende des zweiten Weltkrieges für viele Menschen zu einer Drehscheibe des Lebens geworden und häufig die einzige Möglichkeit für sie war und ist, um überhaupt überleben zu können. Es eröffnet ihnen die Chance, mithilfe seltener Waren wie Benzin, Medikamenten oder Südfrüchten preiswert im Tausch an Grundnahrungsmittel oder Kleidung zu kommen. Die Tauschwaren sind schon bedingt durch die starke Inflation des Euros zu einer etablierten Ersatzwährung geworden, die jedem ermöglichen, seinen Lebensstandard wenigstens einigermaßen zu halten. Dafür gehen die Menschen das Risiko ein, von der Polizei gefoltert oder gar getötet zu werden. Erstaunlich wie materielle Not zum Motivator geworden ist, doch etwas zu wagen. Für viele Betroffene der einzige gangbare Weg. Für mich ein Ausdruck von purer menschlicher Verzweiflung. Die Zwei-Klassen-Gesellschaft kommt für mich immer klarer zum Vorschein. Ein brutaler Verteilungskampf ist zweifelsfrei entbrannt.

Dies erinnert mich an einen Vorfall, der sich etwa vor zwei Wochen ereignete. Ich habe versteckt von einer Straßenecke mit ansehen müssen, wie ein kleiner Junge, der höchstens neun oder zehn Jahre alt war, von drei Polizisten in eine Sackgasse getrieben und brutal mit Schlagstöcken niedergeknüppelt wurde. Der verängstigte Junge bekam keine Chance, sich zu wehren, obwohl er es verzweifelt versuchte und wurde dabei fast bestialisch zu Tode geprügelt. Selbst nach seinen Tod prügelten sie noch minutenlang auf ihn ein, und Blut spritzte auf die Straße sowie auf die Uniformen der Polizisten. Dabei gewann ich den Eindruck, dass die uniformierte Staatsgewalt unter Einfluss von harten Drogen handelte. Wie im Rausch erfüllten die Akteure ihre grausame Pflicht. Der tote Junge starrte mich mit weit aufgerissenen Augen an, als die Polizisten ihn wegtransportierten. Der Ausdruck in seinen Augen wurde ein grauenhaftes Spiegelbild meines Entsetzens.

In den regierungstreuen Medien werden solche schrecklichen Ereignisse des Staates natürlich verschwiegen, aber ich werde dieses Horrorszenario nie vergessen können. Gelegentlich höre ich nachts im Schlaf immer noch die verzweifelten Hilfeschreie des kleinen Jungen, die meine Gedanken im Kopf kreisen lassen, sodass ich das Gefühl habe, wahnsinnig zu werden. Diese Gedanken lassen sich weder ausschalten, noch einordnen, sie sind die Wiedergeburt eines Traumas, das ich versuche, zu verdrängen oder sogar zu vergessen, was mir aber wahrscheinlich nie wirklich gelingen wird. Es ist mein schlechtes Gewissen, das mich ständig, fast ununterbrochen an meiner Untätigkeit erinnert und mich unnachgiebig quält. Wieso bin ich dem Jungen nicht zu Hilfe geeilt? Eine Frage, die mich immer öfter beschäftigt und von der ich nicht davonlaufen kann, auch wenn ich es am liebsten tun möchte.

Zweifelsfrei blieb ich in dieser Situation starr vor Angst und stand unter Schock. Ein Zustand der emotionalen Lähmung und der totalen Machtlosigkeit. Dafür schäme ich mich zutiefst. Ich bekam das Gefühl, mich nicht bewegen zu können und entwickelte eine ähnliche Hilflosigkeit wie der Junge, der ausweglos versuchte, seinem Schicksal zu entrinnen. Immer wieder mache ich mir schwere Vorwürfe wegen meiner sträflichen Passivität und sehe die Schreckensbilder vor meinen Augen ablaufen. Vielleicht sind sie ein zusätzlicher Beweggrund, warum ich diesen Artikel schreibe. Diese Polizeibrutalität unseres Staates muss endlich unterbunden werden, soviel ist in jedem Fall sicher.

Bitte haben Sie Verständnis, dass ich in meiner Erzählung vom Thema abweiche, aber dieses Ereignis macht mir arg zu schaffen! Die Schuldgefühle sind vermutlich die Strafe für Feigheit. Damit muss ich leben, ob ich will oder nicht. Jedoch nun versuche ich wieder, den inhaltlichen Faden zu finden und meine Gedanken zu ordnen, auch wenn es mir zugegebenermaßen schwerfällt.

Es gab in letzter Zeit einfach zu viele Skandale in der Politik. Die Regierung wollte aus diesem Grund keine weiteren Empörungen jeglicher Art riskieren. Ihr wurde bewusst, dass die ohnehin angespannte Situation beim nächsten Eklat die menschlichen Emotionen zum Überkochen bringen, wobei alles außer Kontrolle geraten würde. Deshalb wurden beispielsweise die Angelegenheit mit dem Ex-Innensenator und der furchtbare Vorfall mit dem Jungen gewissenlos unter den Teppich gekehrt. In Staatskreisen schweigt man lieber über die Dinge, die einen schaden könnten. Früher nannten die Journalisten es das Aussitzen von Problemen. Die sogenannten Volksvertreter sprechen auch heute noch hierbei von einer Politik der sogenannten ruhigen Hand. Für mich erzeugt es in diesem Zusammenhang einen bitteren Beigeschmack, der einfach unerträglich und geradezu ekelerregend ist.

Die Medien nehmen hierbei meistens eher eine total passive Rolle ein und verbreiten lieber das Bild einer intakten heilen Welt. „Bloß kein Wässerchen trüben", so die staatlich verordnete Devise. Es ist eine einseitige Berichterstattung zugunsten der Regierung. Der kritische Blick des Reporters ist leider zunehmend verlorengegangen. Das Recht auf freie Meinungsäußerung kam abhanden, obwohl es noch offiziell in unserer europäischen Verfassung geschrieben steht. Kaum jemand traut sich jedoch davon Gebrauch zu machen, da sonst harte Strafen oder schlimme Deformierungen drohen. Außerdem sind die Medien blind geworden, was wohl auch daran liegt, dass sie mittlerweile selbst ein Bestandteil des umstrittenen Machtapparates geworden sind. Aufgrund dieses Sachverhaltes besteht hier ein absoluter Aufklärungsbedarf, weil die Bevölkerung nach meiner Meinung ein Recht auf die Wahrheit über die Vorgänge in unserem Staat hat.

Die Fakten müssen schonungslos mit all seinen daraus resultierenden Konsequenzen aufgedeckt werden. Die Menschen dürfen sich solche Verdummung und Entmündigung nicht mehr gefallen lassen. Sie müssen lernen, sich zu wehren, sich der Realität zu stellen, nur so kann sich etwas in Europa und in der Welt verbessern!

Zurück zu Konrad und unserem Treffen. In der Nähe der Kneipe, wo ich mit meinem Kumpel verabredet war, befand sich ein Zeitungsstand des S.A.-Medienkonzerns. Davon gibt es bekanntermaßen nicht mehr viele, weil zunehmend die digitalen Medien das Ruder übernehmen. Große plakative Überschrift: **Endlich! Ex-Bürgermeister Olaf von Beuhausen ist zum Tode verurteilt.**

„Erschreckend, wie schnell sich die politische Grundstimmung ändert", dachte ich, als ich die Zeitungsüberschrift am Kiosk las. Vor wenigen Jahren galt er noch als der umjubelte Superstar der Wirtschaftsbosse und der Medien. Jetzt ist er als Wirtschaftskrimineller zum Tode verurteilt. In der Urteilsbegründung hieß es: „Selbstsüchtig hat sich der Bürgermeister schamlos bereichert und den Ansehen unseres Staates erheblich geschadet, sodass das Gericht nicht anders urteilen konnte. Die Judikative ist in der moralischen Pflicht die Glaubwürdigkeit unseres Staates wieder herzustellen. Auch Politiker müssen sich an die gesellschaftlichen Regeln halten". Ironie des Lebens nenne ich es, wenn ich bedenke, dass ausgerechnet dieser Mann, der sich zuvor so für die Todesstrafe in Brüssel einsetzte, nun selbst Opfer seiner eigenen Gesetzesinitiative geworden ist. Für mich blieb er in seiner politisch aktiven Zeit nur der Mann für kostspiele Champagner-Empfänge und schicke Fotos für die Presse in Erinnerung, aber sein jetziges Schicksal empfand ich trotzdem als sehr hart und extrem brutal. Meines Erachtens benutzten irgendwelche mächtigen Wirtschaftsfunktionäre diesen Mann als eine Marionette, nur um in Hintergrund die Fäden nach ihren Vorstellungen ziehen zu können. Er ist möglicherweise nur ein bedauernswertes politisches Bauernopfer, wie es schon viele gegeben hat, um die Öffentlichkeit ruhig zu stellen.

Denn Olaf von Beuhausen nahm als Hamburger Bürgermeister bei der Umverteilung des Volkseinkommens das Privatvermögen der kleinen Leute weg, um die ohnehin vollen Konten der Oligarchen noch weiter zu füllen. Der Ex-Bürgermeister versprach sich durch seine wirtschaftspolitischen Maßnahmen einige Vorteile bezüglich seiner Karriere. Insider vermuten, dass er nach höheren politischen Ämtern strebte. Ein Ministerposten in Brüssel soll das anvisierte Ziel des machtorientierten Politikers gewesen sein. Dafür brauchte er die tatkräftige Unterstützung der Wirtschaft. Jedoch der Diebstahl am Volk erwies sich als zu plump beziehungsweise als zu offensichtlich und die Gier der Wirtschaftsfunktionäre blieb letztlich grenzenlos.

Hinter den Kulissen brodelte es bereits bedrohlich in den Köpfen einiger Widerstandskräfte. Großer Zorn und teilweise auch blinde Wut ließen in den Gesichtern vieler Menschen ablesen. Sie gingen fest entschlossen als Einheit auf die Straßen und machten sich lautstark bemerkbar. Soziale Unruhen kamen unkontrolliert zum Ausbruch. Der Hunger machte sie mutig, weil sie nicht mehr viel zu verlieren hatten. Massendemonstrationen fanden statt, und es drohte zeitweise sogar eine Revolution, die alles auf den Kopf gestellt hätte. Brennende Barrikaden wurden schon auf sämtlichen Straßen gesehen. Nur mit einem großen Militär- und Polizeiaufgebot konnten die vielen Demonstranten an der Fortsetzung ihrer Protestaktion gehindert werden. Entweder wurden sie von der Staatsgewalt brutal niedergeknüppelt, gewissenlos erschossen oder rigoros verhaftet. Zahlreiche Tote und Verletzte gab es auf beiden Seiten. Die Straßen entwickelten sich regelrecht zu Schlachthöfen. Für die Regierung bedeutete diese blutige Auseinandersetzung allerhöchste Alarmbereitschaft. Die Gefahr einer erneuten Eskalation galt trotz Erfolg der staatlichen Brutalität immer noch als gegeben. Es ist nur die trügerische Ruhe vor dem nächsten Sturm der Entrüstung. Irgendetwas Unheilvolles liegt nachwievor in der Luft. Ich konnte es bereits meilenweit riechen. Eine unbehagliche Atmosphäre eines erneut aufkommenden unkontrollierbaren Orkans ist überall noch voll spürbar. Zwischenzeitlich kam mir der Gedanke, dass demnächst wieder meine Fähigkeiten als Kriegsberichterstatter gefordert sind. Darauf kann ich aber offen gesagt verzichten, da ich bereits genug Blutvergießen und Gewalt gesehen habe. Ich weiß, wovon ich spreche. Genug ist genug.

Hamburgs Sozialsenatorin Brigitta von Schnieberkowa fiel kurz nach den Unruhen auf den Straßen einen Attentat zum Opfer. Ein Heckenschütze erschoss die Frau vom Dach eines sich in unmittelbarer Nähe befindlichen Gebäudes, als sie das Hamburger Rathaus medienwirksam verließ. Das politisch motivierte Attentat ereignete sich während einer TV-Live-Übertragung. Es geschah als sie sich auf dem Weg zu einer Armenspeisung der Hamburger Tafel befand. Die Regierung wollte sich von ihrer sogenannten Schokoladenseite präsentieren, weil der Sozialstaat immer weiter privatisiert wurde, was sich zunehmend zu einer sozialen Schieflage unseres Landes entwickelte. Vermutlich sollte die Illusion geweckt werden, dass auch etwas für die Armen in unserem Staat getan wird. Natürlich wurde mit diesem TV-Live-Event beabsichtigt, die aufgebrachten Gemüter in der Bevölkerung wieder zu beruhigen. Ohne Erfolg, wie ich klar und eindeutig feststellen musste. Die Menschen lassen sich nicht mehr so dreist täuschen wie zuvor. Sie wissen, dass die Armenspeisung nur unwesentlich zur Bekämpfung der vorherrschenden Armut beiträgt. Es handelt sich noch nicht einmal um eine staatliche Leistung, sondern sind in Wahrheit private Spenden aus der Wirtschaft. Und bei den angeblich milden Gaben handelte es um Lebensmittel, die ohnehin sonst entsorgt werden müssten, weil sie sich in der Regel kurz vor Ablauf des Verfallsdatums befinden. Letztlich ist es daher nur eine kostengünstige Müllentsorgung. Somit läuft alles auf eine große politische Lüge hinaus. Darüber hinaus muss erwähnt werden, dass viele Menschen bei den Tafeln abgewiesen wurden, weil nicht mehr genug für alle da ist, was die politische Brisanz zusätzlich eher verschärfte.

Der Attentäter soll natürlich wieder einmal ein bösartiger Terrorist sein, heißt es offiziell zumindest aus Regierungskreisen. Meines Erachtens handelte es sich hierbei eher um eine erneute Verlegenheitsäußerung des Regierungssprechers Jürgen Biedermann. Genauso gut kann es auch ein aufgebrachter „Normal"-Bürger sein, der mit der Politik dieser Regierung unzufrieden war und es wahrscheinlich noch ist. Denn ich gehe davon aus, dass das tödliche Attentat ein Ausdruck der sozialen Unruhen ist. Verständlich wäre es allemal bei dieser ungerechten Verteilungspolitik und den faschistischen Strukturen unseres Staates, obwohl Selbstjustiz natürlich kein legitimes Mittel sein sollte, um die gewaltigen Probleme unseres gesellschaftspolitischen Systems zu lösen. Es besteht sonst die riesengroße Gefahr einer radikalen Anarchie. Dies würde wiederum ein absolut unkontrollierbares Chaos mit fatalen Auswirkungen bedeuten. Über die möglichen Konsequenzen möchte ich an dieser Stelle nicht vertiefend nachdenken.

Letztlich erfahren wir es wahrscheinlich sowieso nicht, wer hinter diesem politischen Mord steckt, weil uns die Regierung mit Garantie nicht die Wahrheit sagen wird und von ihr kein ernsthaftes Interesse besteht, dass wir sie erfahren. Schließlich würde sie sich damit nur selbst unnötig ins eigene Fleisch schneiden; also bastelt sie sich mithilfe der staatstreuen Medien ihre eigene sehr spezielle Wahrheit zurecht, die ihr in Anbetracht der Situation dem bestmöglichen Nutzen bringt. Beispielsweise bekam die tote Sozialsenatorin von den Medien den Spitznamen die „Heilige Brigitta", weil sie sich angeblich so stark für die sozial Schwachen in unserer Gesellschaft einsetzte. Ihre Verdienste und Leistungen wurden in den TV-Nachrichten und zahlreichen Zeitungen gewürdigt, allerdings ohne diese konkret zu benennen, was auch schwierig wäre, denn meiner Meinung nach gab es keine herausragenden Erfolge in ihrer sogenannten Sozialpolitik, die besonders erwähnenswert wären.

Die Presse machte aus dieser Politikerin eine Märtyrerin, die den klassischen Opfertod gestorben sei. Mehrfach wurde das Attentat in den Nachrichtensender gebracht. Einige Fernsehprogramme zeigten den Mord sogar messerscharf in Zeitlupe und aus unterschiedlichen Kameraperspektiven, sodass für mich der Eindruck entstand, es handelt sich hierbei um eine geplante medienwirksame und effektvolle TV-Inszenierung mit dem Titel **„Das Opfer-Lamm, das zur Schlachtbank geführt wurde"**, die morgens und abends ständig in Dauerschleife wiederholt wurde. Die Medien geilten sich sensationslüstern in pervertierter Weise daran hoch. Erektionsstörungen dürften in diesem Zusammenhang für die Beteiligten keine allzu große Rolle gespielt haben.

Irgendwann jedoch langweilten und nervten mich die ständigen Wiederholungen, die in der Flimmerkiste präsentiert wurden. Es interessierte mich einfach nicht mehr. Warum sollte es auch? Die übermäßige Präsentation von Gewalt stumpfte mich allmählich ab, so erschreckend es auch sein mag. Diesbezüglich bin ich auch keine Ausnahme. Außerdem ist diese Frau für mich nur eine Fremde, die ich als Bürger nur aus der Distanz betrachten kann. Eine Identifizierung ist mit dieser dubiosen Politikerin als Individuum ohnehin nicht möglich.

Hingegen beim kleinen Jungen, der von den Polizisten brutal niedergeknüppelt wurde, war es anders. Er war klein und hilflos, konnte sich nicht wehren, so tapfer er es auch versuchte. Das gesellschaftliche System machte aus ihm einen Kriminellen, der gegen die geltenden Gesetze verstoßen hatte, unabhängig davon, dass es sich hierbei um ein unschuldiges Kind handelte, das vermutlich aus einer materiellen Not heraus verbotene Dinge machte. Kinder werden jetzt im Strafrecht wie Erwachsene behandelt. Dabei ist es für mich ein absolutes Geheimnis, was der Junge eigentlich Schlimmes verbrochen haben soll. Ich gehe davon aus, dass er als Laufbursche für irgendwelche Schwarzhändler arbeitete. Allerdings ist es nur eine Vermutung beziehungsweise Spekulation von mir. In diesem Zusammenhang spielten die Lebensbedingungen des Jungen in der Urteilsfindung ebenfalls keine Rolle. Er blieb in den Augen des Staates nur ein übler Straftäter, mehr interessierte ihn nicht. Für mich ist der Junge das wahre Opfer, da er keine reale Chance bekam, etwas aus seinem Leben zu machen. Durch Armut entstand schon immer ein Nährboden für die Kriminalität. Wahrscheinlich musste der Junge für den Lebensunterhalt der Familie etwas dazuverdienen, da das Geld, was die Eltern heutzutage verdienen, nicht mehr wirklich zum Leben ausreicht. Kinderarbeit in legaler und illegaler Weise ist dadurch schmerzlicher Weise leider wieder salonfähig geworden. Eine traurige Entwicklung, die von der Regierung und den Medien allzu gerne verschwiegen wird. Wo wird es uns am Ende hinführen? Zurück ins sogenannte düstere und finstere Mittelalter? In jedem Fall steuern wir geschichtlich auf eine rückwärtsorientierte Politik zu, die ich als sehr beängstigend wahrnehme.

Die Politikerin verfügte über die Möglichkeit, bessere Lebensbedingungen für den Jungen zu schaffen, was sie aber letztlich nicht tat. Vielleicht hätte der Junge bei einer bürgerorientierten Ausrichtung der staatlichen Maßnahmen nicht auf dem Schwarzmarkt arbeiten müssen. Die Sozialsenatorin wurde vermutlich getötet, weil sie schlicht und ergreifend die falsche Politik verfolgte. Warum sollte ich also Mitleid, Mitgefühl, Anteilnahme oder ähnliches verspüren? Dafür ist, offen gesagt, kein Grund vorhanden. Die scheinheilige Heuchelei der Medien ist mir einfach zuwider. Es ekelt mich sogar an. In den Medien wurden in letzter Zeit sowieso schon zu viele Realty-Live-Sendungen der Gewalt gezeigt, wo jeder TV-Sender den anderen im punkto Grausamkeit übertrumpfen wollte. Jede Form der Brutalität wurde als große Sensation oder Attraktion vermarktet. Blutig, blutiger, am Blutigsten könnte der Werbeslogan heißen, der über eine gesellschaftliche Allgemeingültigkeit verfügt. Irgendwann galt diese Gattung der Unterhaltung jedoch als ausgereizt, da kaum noch eine weitere Steigerung möglich erschien. Meine eigenen emotional erkrankten Abstumpfungserscheinungen konnte ich irgendwann nicht mehr leugnen und noch weniger ignorieren. Eine gewisse Gleichgültigkeit machte sich bei mir zunehmend bemerkbar. Die von Regierungskreisen erwünschte Hinrichtung unseres Ex-Bürgermeisters wird wohl der absolute Höhepunkt dieser zweifelhaften Show-Veranstaltungen sein, der von vielen Bürgern aufgeregt entgegengefiebert wird, ähnlich wie früher beim Finale einer Fußball-WM.

Die polizeilichen Ermittlungen und Untersuchungen liefen wegen des Attentats laut Auskunft des S.A.-Medienkonzerns schon seit mehr als vier Wochen auf Hochtouren. Zahlreiche Hausdurchsuchungen wurden im großen Stil durchgeführt und einige Verdächtige konnten festgenommen werden. Allerdings blieben diese Aktivitäten der Polizei bisher ergebnislos, zumindest laut Pressemitteilung der Hamburger Regierung. Es wurde schwierig, etwas Genaueres zu erfahren. Vielleicht will die Regierung den Attentäter oder dessen Auftraggeber in Sicherheit wiegen. Natürlich nur aus ermittlungstaktischen Gründen. Ein nicht unübliches Verfahren in solchen Fällen. Vorläufig werden die tatsächlichen Ermittlungsergebnisse im Dunkeln bleiben. Wir können zunächst nur abwarten. Die Spannung steigt.

Wie kann man diese Politikerin überhaupt beschreiben beziehungsweise charakterisieren? Die Frau genoss in Regierungskreisen und bei Wirtschaftsbossen hohes Ansehen, auch wenn sie sich bei staatlichen Empfängen immer gierig und hemmungslos am reichhaltigen Buffet bediente. Sie erweckte mit ihren Verhalten bei vielen Beobachtern den Eindruck, dass sie zuhause über keinen vollen Kühlschrank verfügte. Wir wissen natürlich, dass es nicht so ist. Manche können aber einfach nicht genug bekommen. Ihr körperliches Übergewicht, welches sie sich während ihrer Amtszeit kontinuierlich und unübersehbar angefuttert hatte, wurde Ausdruck des fragwürdigen Wohlstandes. Es entstand dadurch ein aktueller Modetrend in höheren gesellschaftlichen Kreisen. Einfach ekelhaft und dekadent. Vielleicht steckte die Frau sogar auf der Toilette den Finger in den Hals, um anschließend die Futterorgie aus ihrer Sicht genüsslich fortzusetzen zu können. „Essensrückgabe" nennt man es wohl im Sprachjargon. Beweisen kann ich es zwar nicht mehr, aber passen würde es zu ihr.

Beliebtheit erreichte die Politikerin wegen ihres Einfallsreichtums in der Sparpolitik. Sie führte dazu, dass Gelder für die Wirtschaft freigesetzt werden konnten, um der Profite der Unternehmen in Form von Subventionen und gezielten staatlichen Investitionen zu erhöhen. Der Bevölkerung wurde es als Arbeitsmarktreform, die zu mehr Beschäftigung führen soll, verkauft. Funktionierte zum Teil auch. Der Staat rekrutierte für die Wirtschaft unter Androhung harter Sanktionen billige Arbeitskräfte. Die Arbeitslosigkeit ging dadurch stark zurück. Der Schein wurde nahezu perfekt gewahrt. Jedoch zu welchem Preis? Es wurde ein Niedriglohnsektor geschaffen, der erst recht zu Massenarmut in der Gesellschaft führte. Eine moderne Variante der Sklaverei? Dies ist erschreckenderweise die Kehrseite der Medaille. Es wurde wegen ihrer angeblichen Verdienste ernsthaft in Erwägung gezogen, Brigitta von Schnieberkowa mit einem Posten in Brüssel zu besetzen, aber nun ist es wohl zu spät.

Die Zentralregierung in Brüssel musste rasch reagieren. Denn sie befürchtete durch die Macht-und Geldgier des Bürgermeisters weitere Attentate auf namenhafte Politiker. Schnell wurde Olaf von Beuhausen seines Amtes als Bürgermeister enthoben, und es wurde ein Wirtschaftsskandal konstruiert, der zu seiner unumgänglichen Verurteilung führte. Die allgemeine politische Lage beruhigte sich zumindest vorläufig wieder, obwohl inhaltlich nur minimale Korrekturen vorgenommen wurden, die man bestenfalls als kleine *„Schönheitskosmetik"* bezeichnen könnte. Alles funktionierte nach der Devise: „Das Volk bekommt ein paar Leckerlis zugeworfen und bleibt daher weitgehend ruhig". Die verantwortlichen Wirtschaftsverbände setzten sich nicht für den zuvor hochgelobten Politiker ein und kamen deshalb in dieser Angelegenheit ungeschoren davon, sodass sie wieder ungestört ihren üblichen zweifelhaften Geschäften nachgehen konnten. Das sind eben die knallharten Gesetze des kapitalorientierten Marktes. Die Egoisten geben eindeutig den Ton an.

Momentan werden die politischen und manipulativen Zusammenhänge von den meisten Menschen nicht mehr durchschaut. Kaum jemand begreift tatsächlich diese bürgerfernen Machtspiele, die sich letztlich nur mit irgendwelchen Postengerangel und Schmiergeldern beschäftigen. Ich nehme an, dass genau dies auch von höchster Stelle beabsichtigt ist. Bisher schluckte die Bevölkerung artig und brav die bitteren Pillen, die ihnen bisher vom Staat verordnet wurden und zwar ohne sich zu beklagen. Dennoch bleibt abzuwarten, wie lange die Menschen tatsächlich noch ruhig bleiben. Ewig werden wir uns nicht so einfach zufriedenstellen lassen! Das gezielte Attentat auf die hochgepriesenen Hamburger Sozialsenatorin und die letzte Massenprotestaktionen, die nur mit staatlicher Gewalt rücksichtslos niedergeschlagen werden konnten, können ein Indiz dafür sein, dass die Bürger allmählich aufwachen und merken, es muss dringend etwas unternommen werden, damit sich die Zustände in unserem Staat zum Besseren ändern. Insgesamt werden die gesellschaftspolitischen Verhältnisse immer instabiler. Die Regierung fängt daher zunehmend an, nervös zu werden und macht viele handwerkliche Fehler. Ein gutes Beispiel ist das angeblich manipulierte Video über den Ex-Innensenator. Diese Strategie wirkte eher unbeholfen und geradezu amateurhaft. Vermutlich nicht nur für mich. Demnächst werden sich solche Fehler erfahrungsgemäß immer stärker häufen. Wir werden sehen, wie es sich weiterentwickelt. Zugegebenermaßen haben diese Gedankengänge nicht unmittelbar mit meiner eigentlichen Geschichte zu tun, die ich Ihnen erzählen will und hoffe, dass Sie mir verzeihen, aber sie beschäf-

tigten mich an diesem Tag, und deshalb bringe ich sie hier zu
Papier.

Nockermann unterbrach hier fast überfallartig nochmals das
Lesen. Denn er wurde von seinem Kollegen Rolf Lose, der
gerade das Büro betrat, sehr unsanft unterbrochen. Lose
fragte ihn mit einer gewissen Autorität: „Hat sich die Sache
mit dem Briefumschlag aufgeklärt"? Er erwiderte äußerlich
gelassen: „Ja, dieser Briefumschlag ist nur eines der üblichen
Wurfsendungen, die gelegentlich auf meinem Schreibtisch
liegen".

Sein Kollege wunderte sich über Nockermanns Antwort
und setzte hartnäckig seine Befragung fort. „Wieso suchen
Sie mich in meinem Büro auf, wenn es sich nur um eine
unwichtige Wurfsendung handelt"? Lose war für seine bissi-
ge Hartnäckigkeit, die sich schmerzlich ins Fleisch der betroffenen Mitarbeiter frisst, im Unternehmen bekannt. Zu
seinem speziellen Arbeitsfeld gehörte es auch, seine Kollegen zu kontrollieren, ob sie ihren Job vorschriftsmäßig und
gewissenhaft erledigten. Wenn sie es nicht taten, musste er es
an die Geschäftsleitung weitergeben, was er auch bisher immer auftragsgemäß und gerne erledigte. „Eine höhere Ar-
beitseffizienz soll dadurch erreicht werden", heißt es offiziell
aus der Chefetage des Betriebes. Lose machte sich wegen
seiner Sonderstellung bei den meisten Arbeitnehmern sehr
unbeliebt und verfügte über Spitznamen wie beispielsweise
der Denunziant, der Bullterrier oder der Bluthund. Ihn stör-
ten diese Spitznamen nicht, eher im Gegenteil, er wertete sie
sogar als eine besondere Auszeichnung. Sie repräsentierten
für ihn eine Bestätigung dafür, dass er seinen Job gut be-
herrschte. Somit galt er als Idealbesetzung für die Rolle, die
ihm in dieser Handlung zugedacht wurde. „Die Sache mit
Nockermanns geheimnisvoller Post könnte die perfekte
Möglichkeit sein, weitere Pluspunkte bei der Geschäftsleitung zu sammeln", dachte Lose im Stillen, da sie Nockermann wegen seines ständig unaufgeräumten Schreibtisches
sowieso ständig auf dem Kieker hatten. Darum hakte er bei

ihm mit seiner soeben gestellten Frage nach. Er ahnte, dass hier etwas nicht stimmte. Sein Jagdinstinkt wurde geweckt.

Nockermann fühlte sich in diesem Moment auf frischer Tat ertappt. „Nur keine Schwäche nach außen hin zeigen", hieß es jetzt für ihn gedanklich in dieser Situation. Selbstbeherrschung blieb hier seine einzige Option. Über eine andere Alternative verfügte er nicht mehr. Doch zum Glück fiel ihm spontan die passende Antwort ein.

„Die Post kam diesmal ungewohnt spät und war für eine Wurfsendung ungewöhnlich schwer. Dies machte mich misstrauisch, und ich kam daher vorschriftsmäßig in ihr Büro, um mich bei Ihnen zu erkundigen, ob Sie Näheres über den Briefumschlag wissen, was sie aber verneinten. Daraufhin öffnete ich den Briefumschlag und stellte fest, dass es sich hierbei nur um eine unwichtige Wurfsendung handelt. Ich ging aufgrund dessen davon aus, dass der Umschlag die üblichen Sicherheitskontrollen durchlaufen hat und vernichtete den Inhalt im Reißwolf". Nockermann zeigte als Beweis auf den geschredderten Inhalt seines Papierkorbes rechts neben seinem Schreibtisch, wohlwissend dass diese Aussage nicht unbedingt der Wahrheit entsprach. Vielmehr sind die Papierschnipsel das Ergebnis seiner bisherigen Aufräumaktion. Er fühlte sich nicht wohl bei seiner Lüge, da ihm beim Entdecken der Unwahrheit nicht nur der Verlust des Arbeitsplatzes gedroht hätte, sondern etwas weitaus Schlimmeres. Äußerlich ließ er sich aber nichts anmerken. Er bewies unerwartet ein großes schauspielerisches Talent. Eine Oscar-Nominierung wäre durchaus verdient gewesen. Somit galt er als eine ideale Ergänzung zu Lose in dieser spannungsgeladenen Szene. Lose begnügte sich zwar mit dieser Antwort, machte ihm aber darauf aufmerksam, dass er bei einem ähnlichen Vorfall nächstes Mal noch zusätzlich zur Geschäftsleitung muss, weil es zuletzt eine Vielzahl von Bombendrohungen gab. Die Terrororganisation „Radikale Union" soll dabei ihre Hände im Spiel haben. „Es hätte auch anders ausgehen können", meinte Lose am Schluss enttäuscht, da er seinen

Kollegen nichts nachweisen konnte und verließ leicht entnervt das Büro.

Für Nockermann hieß es zunächst einmal kräftig durchatmen. Er verspürte eine große Erleichterung, dass er nicht erwischt wurde. Die regelmäßigen Posteingangskontrollen machten ihn ohnehin sehr zu schaffen. Diese täglichen Kontrollen am Arbeitsplatz entwickelten sich zu einem endlosen und ständigen Nervenkrieg. Durch die aktuellen Bombendrohungen wurde es spürbar heftiger. Unser Held entwickelte eine gewisse Angst, dass er Opfer eines solches Attentats werden konnte, eine Tatsache, die ihm gerade wieder bewusst wurde. Was soll in so einen Fall aus seiner Familie werden? Der psychische Druck, der dabei auf ihm lastete, stieg ins Unermessliche, kaum zu ertragen. Er empfand diese Form der Überwachung und die ständige Sorge um seine Familie, die damit in Zusammenhang stand, als unmenschlich, fast schon grausam. Dies war auch einer der Gründe, warum er so viele Medikamente einnehmen musste. Sie galten als ein klares Anzeichen dafür, dass die Arbeit ihn im Laufe der Jahre krankmachte. Seine Probleme mit seinen Magengeschwüren erwiesen sich ebenfalls als ein zusätzlicher Beleg für seinen angeschlagenen Gesundheitszustand. Früher nannte man es im Volksmund Burnout. Dieser Begriff wurde irgendwann von der Politik aus unseren Wortschatz gestrichen, weil von der arbeitenden Gesellschaft erwartet wurde, dass sie im Sinne des Staates zu funktionieren hat. Ein solches Wort hätte wohlmöglich die Philosophie des Staates infrage gestellt. Dies musste unbedingt verhindert werden. Somit verschwand dieser Ausdruck wie von Zauberhand aus allen Publikationen, was aber nichts an Zustand unseres Helden änderte. Eher im Gegenteil.

Nockermann wusste nicht, wie lange er diesen Stress noch aushalten konnte. Für ihn erwies es sich als ein Glücksfall, dass der Denunziant diesmal Gnade vor Recht ergehen ließ, was eher selten vorkam. Und er spürte eine große Erleichterung, dass in seinem kleinen Büro noch keine dieser zahlreichen Überwachungskameras installiert wurden, wie es immer häufiger im Gespräch war und nach Angaben der Geschäftsleitung die Effektivität der Mitarbeiter weiter steigern sollte. Und natürlich auch zum Schutz gegen Terroranschläge. Fazit? Die totale Überwachung drohte. Beim Helden löste diese Tatsache zusätzliche Beklemmungen aus.

Er zündete sich nach einer kurzen Atempause mit einem Feuerzeug, das rechts neben ihm auf den Schreibtisch lag, schnell eine Zigarette an. Dabei zitterten seine Hände, die er nur mit Mühe wieder unter Kontrolle bringen konnte. Hastig machte er einige Züge, um innerlich wieder zur Ruhe zu kommen. Er blieb stark verunsichert, wie er das Verhalten von Lose einordnen sollte. Es galt eher als untypisch, dass der Bluthund sich relativ nachsichtig zeigte. Vielleicht lag es aber nur daran, weil er für seine Verhältnisse die Fragen spontan beantwortete und seine Antworten somit über eine gewisse Glaubwürdigkeit verfügten, zumindest versuchte er sich auf diese Weise zu beruhigen. Darüber hinaus stellte er sich die Frage, warum er ihn belog. Weckte die Geschichte des Alfred Kemper seine Abenteuerlust? Jedoch eine wirklich befriedigende Antwort konnte er sich zum jetzigen Zeitpunkt noch nicht geben. In jedem Fall wurde ihm bewusst, dass es jetzt kein Zurück mehr gab, und so las er den Brief einfach weiter:

Ich betrat die Kneipe, die übrigens „Frühaufsteher" hieß. Es wurde mir wieder bewusst, dass sie ein beliebter Treffpunkt für die neue Kiezszene in Dulsberg ist, wo auch Prostituierte verkehren, um im wahrsten Sinne des Wortes auf ihre potenziellen Freier zu warten. Die sogenannte Rotlichtszene verlagerte sich in den letzten Jahren von St. Pauli und St. Georg nach Dulsberg, was bewusst vor einigen Jahren von der Hamburger Regierung gesteuert wurde, weil man in der Öffentlichkeit auf diesem Wege versuchte, die Illusion zu erwecken, dass die Kriminalität hart bekämpft wird. Auf diese Weise wurde der Bevölkerung eine geschönte Kriminalstatistik präsentiert. Auch ein Überbleibsel des umstrittenen Innensenators, der bekanntermaßen untergetaucht ist.

Die ganze Verlogenheit des Senats spiegelt sich darin wieder, weil die neue Kiezszene in Dulsberg nur unter der Voraussetzung von der Regierung geduldet wurde, wenn die Huren bereit sind, nicht öffentlich an den Straßen auf ihre Kunden zu warten. Die Frauen des horizontalen Gewerbes akzeptierten diese Bedingung, und für die Regierung schien es letztlich nur wichtig zu sein, den äußeren Schein zu wahren, weil es offiziell kein Rotlichtmilieu mehr gab. Darüber hinaus sollte man nicht vergessen, dass der Staat an den Einnahmen des Prostitutionsgeschäftes nachwievor kräftig mitverdient. Auf diese lukrative Einnahmequelle wollte der Staat natürlich nicht verzichten. Der Senat ist somit der größte Zuhälter-Ring in Hamburg, ohne dass es der Mehrheit der Bevölkerung bewusst ist, weil er natürlich, wie soll es auch anders sein, nur im Verborgenen agiert. Diese Form der Geschäfte laufen daher nicht öffentlich. Es wird darüber gemunkelt, dass die Volksvertreter die Einnahmen nicht ganz korrekt abrechnen, um es mal mit einer gewissen Zurückhaltung zu formulieren. So wurde eine Vereinbarung getroffen, die beide Seiten letztlich zufriedenstellte. Quasi schmierige Korruption fast in Perfektion.

Die Kneipe war zugegebenermaßen klein, aber dafür vergleichsweise sehr gemütlich für eine Lokalität, die so ein zwielichtiges Gewerbe ausübt. Der Gastwirt unterhielt sich angeregt mit den Gästen am Tresen, wo sich auch einige Prostituierte befanden, die vergeblich auf ihre Stammkunden warteten. Die Geschäfte liefen wohl zurzeit sehr schlecht. Ich konnte es in den Gesichtern der berüchtigten Damen zweifelsfrei ablesen. Wie sollten die Freier ihren Ehefrauen plausibel erklären, warum sie nicht genügend Haushaltsgeld bekamen? Es wird immer schwieriger, Geld für sexuelle Annehmlichkeiten abzuzweigen. Das Einkommen reicht häufig geradeso zum Überleben. Zusätzlich trauen sich viele Menschen wegen den Unruhen nicht auf die Straßen. Möglicherweise sind es alles Vorzüge der jetzigen Regierungspolitik, zumindest aus Sicht der zuvor betrogenen Ehefrauen.

Mein Kumpel war noch nicht eingetroffen. Am Tresen bestellte ich mir ein kühles Bier und dachte, dass er jeden Moment kommen müsste. Denn Pünktlichkeit repräsentierte früher stets sein persönliches und sehr typisches Markenzeichen. Ich wandte meinen Blick dem riesengroßen TV-Gerät zu, das über beachtliche Ausmaße verfügte. Es war an der Wand rechts neben den Tresen angebracht, quasi nicht zu übersehen. Fast gewann ich den Eindruck, im Kino zu sitzen. Aktuell liefen gerade die Abendnachrichten, als die attraktive Nachrichtensprecherin Corinna Bergmann die Meldung las: „Der Großunternehmer Piet Harzinger wurde wegen Steuerbetrugs zu einer Geldstrafe von 50 Millionen Euro verurteilt. Von einer Haftstrafe wird wegen seiner besonderen Verdienste bei den Arbeitsmarktreformen, die ab dem 01. August genau fünf Jahre existieren, abgesehen".

Entsetzen machte sich in der Kneipe breit. Ein Gefühl der Fassungslosigkeit überkam die Menschen. Ich gewann den Eindruck, dass die Atmosphäre im Raum nun durch eine eisige Wand des Schweigens vergiftet wurde. Denn manchem Gast schmeckte nicht einmal mehr das eiskalte Bier in der Abendhitze. Es war durch die enttäuschende Pressemitteilung einfach ungenießbar geworden. Viele Menschen in Europa bauten große Hoffnungen darauf, dass dieser gewissenlose Menschenschinder hart bestraft würde. Sie wollten eine ausgleichende Gerechtigkeit für die Verletzung ihrer Menschenwürde und ihrer Persönlichkeitsrechte. Seine sogenannten Reformen machten die Menschenrechte immer angreifbarer. Rachegelüste und Mordgedanken gewannen in dieser Situation spürbar an Dynamik. Schließlich nahm ihnen dieser Mann den Menschen die Möglichkeit, ein selbstbestimmtes Leben zu führen. Nun wurde Harzinger jedoch nur zu einer vergleichsweise milden Geldstrafe verurteilt. „Diesen Betrag zahlt ein Mann in seiner Position locker aus seiner Portokasse", dachten viele Gäste in der Kneipe laut und wurden teilweise lautstark aggressiv. Der Wirt konnte seine Gäste nur mit sehr viel Mühe wieder beruhigen.

Den Grund für diese Hassgefühle konnte ich durchaus nachvollziehen. Allein im nordeuropäischen Raum mussten bisher mindestens zwei Millionen Menschen wegen ihrer Arbeitslosigkeit ins Arbeitslager, wo sie als Billiglohnkräfte für nur läppische 10 Euro pro Stunde ausgebeutet wurden. Für den Staat brachte diese Maßnahme mehrere vielversprechende Vorteile. Denn jeder Arbeitslose, dem so eine Zwangsarbeit zugewiesen wurde, verschwand spurlos, wie von magischer Zauberei beeinflusst, aus der Arbeitslosenstatistik. So konnten sich Politiker und Behörden gegenseitig loben und belogen auf diese Weise das Volk. Gleichzeitig wurde die Not der Arbeitslosen schamlos ausgenutzt. Sie machten die Drecksarbeiten, für die der Staat bekanntlich sehr wenig Geld bezahlte. Dabei wurden sie zusätzlich vom Staat an Unternehmen als Leiharbeiter zur Verfügung gestellt. Es ist eine moderne Variante des Menschenhandels entstanden. Jeder Arbeitslose wurde ab sofort dazu verpflichtet, sich zu bestimmten Zeiten in einem Arbeitslager zu melden und nach einem Arbeitseinsatz zu fragen. Ist für den Betroffenen kein Arbeitseinsatz beim Privatunternehmen möglich, muss er für etwa zwölf Stunden am Tag direkt im Arbeitslager tätig sein. „Selbstverständlich sind es Tätigkeiten zum Wohl der Allgemeinheit", zumindest verkündete es so bisher die europäische Zentralregierung mithilfe der ebenfalls korrupten Medien. Nach getaner Arbeit durfte jeder Zwangsarbeiter nach Hause gehen, vorausgesetzt, er verfügte über eine Meldeadresse. Ansonsten bekam man einen schäbigen Schlafplatz in eines der zahlreichen staatlichen Heime, die seit Bestehen der unbeliebten Arbeitsmarktreformen existieren. Freiwillig würde keiner unter solchen Bedingungen arbeiten. Früher galt diese Form der Zwangsarbeit als verfassungswidrig, und heute ist es bitterer Alltag für sehr viele Bürger, die keine Chance haben, wieder aus dem Teufelskreislauf der Armut herauszukommen. Zu verdanken haben wir die Umsetzung dieser menschenverachtenden Reformen den vorigen Kanzler Gerd Schrader. Er galt stets als „Genosse der Bosse". Gerne präsentierte er sich in Maßanzügen in den Medien und grinste verschlagen in die Kameras, was zu starken und massiven Aggressionen in der Bevölkerung führte. Daher wurde er beinahe nahtlos durch die Kanzlerin Andrea Märklin ersetzt. Der Ex-Kanzler bekam einen Aufsichtsratsposten bei einem russischen Energiekonzern. Die übliche Verfahrensweise bei Machtenthebungen. Fast lautlos verlief diese formelle Prozedur.

Märklin galt in ihren Auftritten als zurückhaltender als ihr eitler Vorgänger. Davon sollte man sich allerdings nicht täuschen lassen. Sie plante laut Insiderinformationen ein ähnliches Reformpaket, was aber nicht an die Öffentlichkeit drang. Geschickt konnte sich die Frau dadurch an der Macht halten, weil sie nur selten offiziell Farbe bekannte. Wie lange kann man sich mit so einer Vermeidungspolitik an der Macht halten? Dauerhaft? Schwer zu sagen. Zunächst ging die Strategie der Regierung tatsächlich auf. Das Volk beruhigte sich vorläufig wieder. Ist es die Ruhe vor dem nächsten Sturm der Entrüstung?

Ich weiß wie hart einen Betroffenen diese furchtbaren Arbeitsmarktreform treffen kann. Für kurze Zeit musste ich selbst als Zwangsarbeiter tätig sein. Nur mit Mühe und Not habe ich es geschafft, als verlagsunabhängiger Buchautor und als freier Journalist zu arbeiten, um mich wieder aus der Knechtschaft des Staates befreien zu können. Es war im Prinzip eine Haftentlassung wegen guter Führung, weil ich auf die staatliche Hilfe für Arbeitslose verzichtete, indem ich mich entschloss, als Freiberufler zu arbeiten. Heutzutage bin ich eher bereit, zeitweilig für ein Einkommen zu arbeiten, das unterhalb der Armutsgrenze liegt, als so etwas noch einmal durchzumachen. Der Preis für die staatliche Minimalabsicherung erschien mir als zu hoch. Ein Stück Freiheit zu erlangen, ist mir einfach wichtiger. Für mich blieb es eine schreckliche Erfahrung, Leih- beziehungsweise Zwangsarbeiter zu sein, die ich lieber vergessen würde, was mir aber wohl nie wirklich gelingen wird.

Die Mehrheit der Bevölkerung steht meist nur vor der Wahl zwischen Niedriglohnsektor auf dem angeblich freien

Arbeitsmarkt und Zwangsarbeit beim Staat. Es ist quasi eine Wahl zwischen zwei Übeln. Entweder Pest oder Cholera! Welches Schweinchen hätten sie gerne? Wo ist hier die gesellschaftliche und berufliche Perspektive für die Bürger? Als Freiberufler habe ich es eindeutig besser getroffen. Zwar muss ich auch mit sehr wenig Geld auskommen, aber ich bin unabhängiger, vielleicht auch etwas freier als andere. Meine Überlebensstrategie ist nach außen gesellschaftlich angepasst zu sein, aber nach innen mir selbst treu zu bleiben. Dies klappte erstaunlich gut, besser als mancher zu glauben vermag. Die meisten Menschen denken, sie müssen sich dem System komplett unterordnen. Sie sehen darin häufig die einzige Chance, überleben zu können. Ich halte es für grundsätzlich falsch. Denn ich vertrete die These, dass man als staatstreuer Bürger genauso unter die Räder kommen kann. Ich beobachtete es schon mehrfach im Leben. Darum entschied ich mich für meine Lebensweise und bleibe daher ein Freigeist.

Kontrolle über die Zwangsarbeiter wird mithilfe von Fußfesseln ausgeübt, die bei Fluchtgefahr Elektroschocks aktivieren. Es gab sogar schon einige Todesfälle bei zahlreichen Fluchtversuchen, die aber natürlich von der Regierung bisher verschwiegen wurden. Ich wurde schon mehrfach Augenzeuge solcher staatlicher „Betriebsunfälle". An einen Fall erinnere ich mich besonders. Eine junge und attraktive Frau, etwa Mitte dreißig, alleinerziehend mit zwei Kindern erwischte es in der Nähe der Hamburger Stadtgrenze. Ihr Name war übrigens Barbara Winter. Sie wollte unbedingt ihre Kinder bei ihren Eltern besuchen, die sie schon länger nicht mehr gesehen hatte. Ein Tag vor ihrem Tod erzählte sie mir von ihrer Absicht. Kurz kennengelernt hatten wir uns während einer Kaffeepause im Arbeitslager, einen offenen Vollzug in Hamburg-Bergedorf.

Ich musste es live mit ansehen, wie sich der tragische Todesfall ereignete. Für mich ein absolutes Horrorszenario, das mich emotional aus der Bahn warf. Wir verabredeten uns kurz vor ihrem geplanten Besuch bei ihren Kindern. Gemeinsam trafen wir uns zu einem Drink in einer Kneipe namens „Zar und Zimmermann". Ursprünglich nahm ich mir eigentlich vor, keine privaten Dates mehr mit Frauen zu haben. Meist verlaufen solche Rendezvous sehr verkrampft und führen häufig erfahrungsgemäß nicht zum gewünschten Erfolg. Diese Form der Enttäuschung will ich mir eigentlich ersparen und gehe normalerweise lieber gleich ins Bordell. Diese Herangehensweise ist erfahrungsgemäß zielführender und effizienter.

Meistens wollen die Frauen ihre Männer an die Leine nehmen und sie in Gegenwart ihrer Freundinnen Gassi führen, eine Beobachtung, die ich schon mehrfach mit einer gewissen Schockwirkung aus der Distanz machte. Das Schicksal eines dressierten Hundes wollte ich verständlicherweise nicht ereilen und ergriff lieber rechtzeitig die Flucht. Bei Barbara machte ich zu meinem eigenen Erstaunen aber eine Ausnahme. Sie war durchaus schön und intelligent. Dies ist eine Kombination, die ich bei Frauen sehr schätze, vermutlich weil sie nach meiner persönlichen Erfahrung nach eine Rarität darstellt. Ich war zugegebenermaßen sehr angetan von ihr.

Das Treffen verlief ganz zwanglos, ohne großen Erwartungsdruck. Dies machte unsere private Begegnung unkompliziert und locker. Unsere Unterhaltung in der Kneipe verfügte über einen gewissen Esprit, der Spaß befand sich eindeutig auf unserer Seite, und wir flirteten sogar miteinander. Leider stand uns nur eine sehr begrenzte Zeit zur Verfügung, sodass wir uns nach knapp einer Stunde wieder verabschieden mussten. Sie wollte unbedingt pünktlich bei ihren Eltern sein, weil sie riesengroße Sehnsucht nach ihren Kindern verspürte. Außerdem wollte sie keinen Stress mit ihren Erzeugern und hasste es, von ihnen abhängig zu sein, wie sie mir im Gespräch vertraulich mitteilte.

Draußen auf der Straße musste ich völlig unerwartet aus etwa zehn Meter Entfernung mit ansehen, wie der Körper von Barbara minutenlang elektrisiert wurde. Dieses traumatische Erlebnis stellte einen schockierenden Anblick dar und machte mich vor lauter Furcht bewegungsunfähig. Ein kurzer Aufschrei von ihr, der rasch verstummte, war zu hören. Diese Schreckensbilder vergesse ich nie. Sie kreisen ununterbrochen in meinen Kopf wie in einer Dauerschleife. In dieser Situation blieb ich fassungslos und wusste zunächst nicht, was ich tun sollte. Erst als Barbara leblos wie ein Stein zu Boden fiel, rannte ich zu ihr. „Vielleicht kann ich ihr noch helfen", dachte ich in ersten Moment, auch wenn es nicht wirklich realistisch erschien. Jede Hilfe kam einfach zu spät. Ich konnte nur ihren unerwarteten Tod feststellen. Schlimme Verbrennungen bemerkte ich überall an ihrem Körper. Ihr Gesicht war durch die Brandwunden fast bis zur totalen Unkenntlichkeit gezeichnet. Ein wahrlich grauenhafter Anblick. Es löste bei mir das blanke Entsetzen aus. Zutiefst erschüttert über dieses furchtbare Ereignis blickte ich zu Barbara herab und versuchte zu begreifen, was gerade passierte. Jedoch über viel Zeit zum Nachdenken verfügte ich nicht, denn plötzlich eilten zwei Männer mittleren Alters zum Schauplatz, die sich sofort als Staatsbeamte zu erkennen gaben. Es handelte sich um spezielle Zivilfahnder, die vom Staat eingesetzt werden, Arbeitslose bezüglich der Einhaltung ihrer Pflichten zu kontrollieren. Sie mischen sich häufig unter das Volk. Kaum jemand erkennt sie vorzeitig. In Prinzip kann jeder Nachbar einer von ihnen sein. Diese Tatsache löste bei mir ein beklemmendes Gefühl der Angst aus. Es ist die nahezu hundertprozentige Überwachung, die mich überall hin begleitete. Daher ist stets große Vorsicht geboten. Die Polizisten in Zivil teilten mir mit, dass Barbara schon länger wegen starker Fluchtgefahr unter Beobachtung stand. Ich erklärte die Beamten darüber auf, dass Barbara nur ihre Kinder besuchen wollte, die bei ihren Eltern wohnten. Die Zivilbeamten nahmen die Informationen mit Desinteresse entgegen. Noch nie, wie in dieser Situation, drang so stark in mein Bewusstsein ein, dass Arbeitslose nur den Status von Arbeitsvieh innehaben. Aus Regierungssicht heraus verliert jede Person bei Arbeitslosigkeit das Recht, ein Mensch zu sein. Nach diesem schwer zu verkraftenden Erlebnis, mit so einer Realität konfrontiert zu werden, bezeichne ich als schauderhaft.

Später wurde ihr Tod als bedauerlicher Unfall verharmlost. Gezwungenermaßen musste ich über den sogenannten Betriebsunfall den Mund halten, sonst drohten mir harte staatliche Sanktionen. Über die angedrohten Sanktionen wollte ich lieber nicht weiter vertiefend nachdenken. Dies hätte sonst zweifelsfrei Kopf-Kino bei mir ausgelöst, wovon ich mich möglicherweise nicht so schnell erholen würde. Die Situation überforderte mich in einem sehr erheblichen Maße. Der Tod von Barbara blieb mir fortan gegenwärtig. Auf diese Weise wurde ich eingeschüchtert und musste notgedrungen mitspielen, ob ich wollte oder nicht. Darüber hinaus besaß ich nicht über genügend Energie, irgendetwas machen zu können, weil ich mich körperlich wie emotional niedergeschlagen fühlte. Durchaus hätte ich mir bei dieser Frau vorstellen können, dass ich eine ernsthafte Beziehung zu ihr aufbauen hätte können, wenn sie heute noch leben würde. So etwas sage ich als selbsternannter Beziehungsmuffel. Diese Tatsache ist ein Beleg dafür, dass mich diese Frau so stark beeindruckte, sodass ich sogar Bereitwilligkeit signalisierte, meine selbstgewählten Prinzipien über Bord zu werfen. „Bloß nicht weiter über diese Dinge nachdenken", sagte ich immer wieder zu mir selbst. Es schmerzte einfach nur, obwohl ich sie nur kurz kannte. Bis heute kann ich mir nicht verzeihen, dass ich Barbara beim Sterben zusehen musste. Immer noch habe ich das Traumata nicht verarbeitet. Es ist ein Konflikt, den ich ständig mit mir selbst austragen muss. Stets bin ich damit beschäftigt, gegen meine inneren Dämonen zu kämpfen. Entweder betäube ich sie mit Alkohol oder lenke sie mit Sex im Bordell ab. Anders kann ich die quälende Seelenfolter nicht mehr ertragen. Jedoch wirklich los werde ich diese bösen Geister leider nie. Ich bin heilfroh, dass schon einige Zeit vergangen ist, und ich kein Zwangsarbeiter mehr bin. Vielleicht gelingt es mir dadurch irgendwann, als

Sieger über diese verfluchten Stimmen meines schlechten Gewissens hervorzutreten.

Diese tödlichen Fußfessel verdanken wir allerdings nicht Piet Harzinger, sondern Hessens Regierungschef Robert Kochinger. Seine Hassparolen gegen die Arbeitslosen haben die Zentralregierung in Brüssel unter Druck gesetzt, sodass sie sich gezwungen sahen, entsprechend zu handeln. Die messerscharfe Zunge des Hetzers aus Kassel ist ein gefährliches politisches Instrument, für das im Grunde ein Waffenschein beantragt werden müsste. Die Arbeitslosen wurden bildlich gesprochen an die Wand gestellt und verbal gnadenlos erschossen. Der S.A.-Medienkonzern verbreitete diese Art fragwürdiger Botschaften der Politik allzu gerne. Angeblich sind die Arbeitslosen grundsätzlich selbst an ihrem Schicksal schuld und liegen dem Staat nur unnötig finanziell auf der Tasche. Solche und ähnliche fragwürdigen Botschaften tauchen in regelmäßigen zeitlichen Intervallen in den TV- und Zeitungsmedien auf. Negative Einzelbeispiele des angeblichen sozialen Missbrauches werden mindestens einmal pro Monat der Öffentlichkeit präsentiert. Aus meiner Sicht eine Schmierenkomödie mit dubiosen Inhalten. Alles nur um die Ausbeutung und Versklavung der in Not geratenen Menschen nach außen hin moralisch irgendwie zu rechtfertigen. Die gesellschaftlichen Konsequenzen sind nun für eine breite Bevölkerungsschicht spürbar geworden. Die Fußfesseln wurden zur grausamen Realität der 10-Euro-Jobber.

Kochinger wurde für einige Politikerkollegen sehr unbequem. Daher startet sie am 15. Oktober vorigen Jahres ein Putschversuch, der allerdings an vier Abweichlern scheiterte. Sie stimmten bei der Vertrauensfrage im hessischen Parlament nicht für die Amtsenthebung Kochingers, obwohl sie es bei der Probeabstimmung noch taten. Warum handelten sie so? Es verbreitete sich schnell das Gerücht, dass diese vier Personen (zwei Männer; zwei Frauen) hohe Geldspenden aus der Wirtschaft erhalten haben. Der Verdacht galt als naheliegend, wegen einiger geplanter Steuervorteile für die

Wirtschaft, die Kochinger den Unternehmen verheißungsvoll versprach. Die betroffenen Unternehmer wollten sich dies natürlich nicht entgehen lassen. Jedoch gab es keine eindeutigen Beweise, die diesen Verdacht bestätigen konnten. Wie auch? Korruption gehört seit vielen Jahren zur Normalität des politischen Alltags, fast schon nicht mehr in unserer Gesellschaft wegzudenken.

Die Putschisten, wie ich sie fortan zu nennen pflege, änderten ihre Strategie. Denn in den letzten Wochen wurde Kochinger offiziell als neuer Propagandaminister in Brüssel ins Gespräch gebracht. Vermutlich wollten die Putschisten ihn mit dem Ministerposten ins Europaparlament locken und auf diese Weise für sich gewinnen. Denn als Minister in Brüssel würde sich sein Einkommen faktisch locker verdoppeln. Geld ist für viele Politiker ein überzeugendes Argument, doch das Pferd zu wechseln. Siehe Ex-Kanzler Gerd Schrader! Er bekam einen gutbezahlten Posten in der Wirtschaft. Gerne verdrängt dieser die politischen Expansionsbestrebungen seines russischen Arbeitgebers, was aber jetzt nicht vertiefend in Blickpunkt meiner Betrachtung steht, weil ich sonst selbst den inhaltlichen Faden meiner Geschichte verliere. Nur noch soviel. Hauptsache die Bezahlung stimmt. Somit formt nachweislich Geld den Charakter dieses Mannes. Es bleibt abzuwarten, wie lange es noch gutgeht.

Dieser Ministerposten ist zurzeit noch nicht besetzt. Und die feingeschliffene und gemeingefährliche Rhetorik des hessischen Politikers sei ohnehin ideal für diesen Job. Hier muss ebenfalls zunächst die weitere Entwicklung abgewartet werden. Es wird sicher ein spannender Machtkampf, bei dem der Ausgang erst spät entschieden wird. Letztlich spielt es keine Rolle, wer den Machtkampf für sich entscheidet. Denn es werden bestenfalls Personen ausgetauscht, aber dies ändert nichts an der Politik. Ich hoffe nur, dass Robert Kochinger früher oder später seine gerechte Strafe erhält, da er aus meiner Sicht der moralische Mörder von Barbara und anderen Arbeitslosen ist.

Zum Schluss der Nachrichtensendung wurde stolz die Sensation des Jahres verkündet. Der S.A-Medienkonzern hat die Live-Übertragungsrechte für die Hinrichtung des Ex-Bürgermeisters Olaf von Beuhausen gekauft. Die Zentralregierung in Brüssel erteilte per Videoschaltung dafür ihre Zustimmung. Grenzenloser Jubel brach in der Kneipe aus, der kaum noch zu bändigen war. Die nervliche Anspannung verschwand aus den Gesichtern der Menschen. Ein Gefühl der Erleichterung konnte ich jetzt mit großer Deutlichkeit bei ihnen erkennen. Ein Stück Gerechtigkeit schien für sie in Form eines erhofften Comebacks in greifbarer Nähe zu rücken. Verborgene Sehnsüchte der Rachegelüste konnten auf diese grausame Weise befriedigt werden. Die Gäste applaudierten bei dieser Nachricht, und sogar eine gewisse Feierlaune kam auf. Ich gewann den Eindruck, dass viele die Hinrichtung kaum abwarten konnten. Dieses Erlebnis empfand ich als erschreckend, da mich das grauenhafte Schauspiel an das antike Rom erinnerte, wo dem Publikum Brot und Spiele geboten wurde, um es auf diese brutale Gangart zufriedenzustellen und von den innenpolitisch relevanten Fragen oder Problemen abzulenken. „Gehirnwäsche durch die Glotze", heißt hier sozusagen das bewährte Erfolgsmotto. Erstaunlich wie sich die Geschichte im Laufe der Jahrhunderte und Jahrtausende wiederholt. Die Menschen scheinen sich nicht weiterzuentwickeln. Der Fortschritt ist für mich nicht wirklich sichtbar. Die Lernfähigkeit der Gesellschaft stagniert, eine erschütternde Erkenntnis. Der Mensch ist weitgehend das gleiche primitive Wesen wie vor etwa 25.000 Jahren geblieben, nur mit dem Unterschied, dass wir zusätzlich von einer hochentwickelten Technik umgeben sind, die zweifelsfrei großen gesellschaftlichen Schaden anrichtet. Eine gefährliche Konstellation, die ich keineswegs als berechenbar einstufen würde. Die Konsequenzen sind seit Jahrhunderten spürbar, auch wenn wir diese Realität nicht gerne wahrnehmen wollen.

Ich fragte mich, warum die Zentralregierung in Brüssel für die Live-Übertragungsrechte ihre Zustimmung erteilte. Vermutlich ließ der Konzern seine Beziehungen zum Justizministerium spielen, wie sooft. Manche böse Zungen behaupteten sogar, dass die Regierung erpresst wurde, aber genaueres wird wohl niemand erfahren. Letztlich auch egal. Es ändert nichts an den weiteren Verlauf der Handlung.

Allmählich fing ich an, mir Sorgen zu machen, da mein alter Kumpel immer noch nicht eingetroffen war. Seine Verspätung betrug mittlerweile fast 30 Minuten, ein vollkommen untypisches Verhalten von ihm. Ich wurde unruhig und überlegte, was ich tun soll. „Ich sollte wohlmöglich wieder nach Hause fahren. Es könnte eine Falle sein", kam mir in diesem Augenblick als nächster Gedanke in den Sinn. In dieser Lage konnte ich nichts mehr ausschließen. Daher befand ich mich schon fast in der Aufbruchsstimmung. Jedoch gab ich ihn noch fünf Minuten, weil ich Konrad nicht im Stich lassen wollte.

Endlich betrat er doch die Kneipe und bestellte sich am Tresen ein Bier, sodass ich vorerst aufatmen konnte. Allerdings machte er ein besorgtes und sehr ängstliches Gesicht. Was ist passiert? Wir setzten uns an dem Tisch links in der Ecke neben dem Fenster, um uns ungestört unterhalten zu können.

Konrad platzte sofort mit der Geschichte heraus, nachdem er vom Wirt sein Bier erhielt, das er sofort bezahlte. Der Name der inoffiziellen Behörde, für die er arbeitet, trägt den Namen Europäischer Nachrichtendienst (kurz **E.N.D.** genannt). Es handelte sich um eine Mischung aus Geheimdienst und Staatspolizei. Sie versuchte eine riesengroße Schweinerei zu vertuschen. Es ging um das Geheimnis von Dulsberg, worüber es auch eine Geheimakte gab, verriet er mir. Er könne es moralisch nicht mehr länger vertreten, für diese inoffizielle Behörde zu arbeiten. Seine Karrieresucht machte ihn für einige Zeit blind, wofür er sich sehr schämte. Er wollte zuvor Dinge, die offensichtlich waren, verdrängen, was nun aber nicht mehr funktionierte. Deshalb musste er aktiv werden, endlich handeln, damit politische Missstände aufgedeckt werden können. Das Gewissen und sein alter

Jagdinstinkt als Journalist meldeten sich bei ihm zurück. Sein Plan sah es vor, die Machenschaften des **E.N.D.** offenzulegen. Ihm wurde bewusst, dass er damit ein großes Wagnis für sein Leben und Wohlbefinden eingehen würde, da er realistisch einschätzen konnte, welche politische Macht hinter den **E.N.D.** steht. Nur durch eine codierte Nachricht an seinem Computer-Bildschirm stieß er auf diesen Skandal, der große politische Tragweite haben soll. Mithilfe einiger Journalisten, die endlich wieder die Pressefreiheit in den Vereinigten Staaten von Europa einführen wollen, wollte er den Skandal an die breite Öffentlichkeit bringen. Die Schwierigkeit liegt darin, dass diese Journalisten im Untergrund agieren müssen, da sie, wie bereits am Anfang des Briefes erwähnt, offiziell von der Regierung als Feinde des Staates politisch verfolgt werden. Sie alle schweben ständig in akuter Lebensgefahr. An nahezu jeder Straßenecke befinden sich ihre Steckbriefe mit dem eindeutigen Hinweis an die Bevölkerung: **„500.000,- Euro Belohnung. Tod oder lebendig"**. Nach einem kleinen Absatz ist noch der Zusatz vermerkt: **„Wer den Kriminellen Unterschlupf gewährt, muss mit strafrechtlichen Konsequenzen rechnen. Mindeststrafe: 5 Jahre Arbeitslager unter erschwerten Bedingungen"**. Jeder weiß, was es im Ernstfall bedeutet, ohne dass es weiter erläutert werden muss. Somit ist es die perfekte Abschreckungspolitik für viele Menschen.

Je länger ich meinem Freund zuhörte, desto interessierter wurde ich, die Geschichte weiter anzuhören. Ich wollte mehr wissen und fragte ihn, was sich hinter dem Geheimnis von Dulsberg verbarg. Er machte mich darauf aufmerksam, dass der Stadtteil über keine Erhebung verfügte und trotzdem Dulsberg heißt. Ich musste gestehen, dass ich mir nie zuvor den Kopf darüber zerbrach, obwohl es durchaus zu meiner Natur gehörte, über solche Dinge intensiv nachzudenken. Die Regierung leitete vermutlich eine Vielzahl von Maßnahmen ein, damit genau dieser Effekt entsteht. Die geplante Live-Übertragung der Hinrichtung des Ex-Bürgermeisters, stellte möglicherweise eine solche Ablenkungsmaßnahme dar. Dies könnte auch ein möglicher Grund sein, warum der S.A.-Medienkonzern die Live-Übertragungsrechte für die Hinrichtung bekam. Erschreckenderweise musste ich feststellen, dass diese Strategie selbst bei mir über eine gewisse Wirkung verfügte. Für mich wieder einmal ein Beleg dafür, dass niemand wirklich vor einer Manipulation geschützt ist. Selbst ich nicht. Eine unerwartete Selbsterkenntnis, die mich zutiefst schockierte.

Konrad berichtete mir, dass er eine Kontaktperson habe, die ihm Kopien von dieser geheimnisvollen Geheimakte verschaffen könne. Für ihn selbst wäre es zu gefährlich, direkt an die Unterlagen zu kommen. Er würde zu stark kontrolliert und bespitzelt. Vermutlich bestand sogar starke Lebensgefahr, da er davon ausging, dass er sich bereits auf der Abschussliste des **E.N.D.** befand. Kein Wunder, dass er eine gewaltige und gesunde Angst empfand, die für mich in seiner Nähe intensiv spürbar wurde. Diese Kontaktperson, die ihm die codierte Nachricht zukommen ließ, wollte er am nächsten Tag gegen 11.00 Uhr treffen und zwar in Dulsberg Süd. Leider wusste er nicht, wie diese Kontaktperson aussah. Er wusste nicht einmal, ob diese Person dem männlichen oder eher dem weiblichen Geschlecht angehörte. Daher fragte ich ihm, wie er diesen Informanten überhaupt erkennen würde. Irgendwie misstraute ich dieser Sache. Ist diese Aktion in Wahrheit eine mörderische und verhängnisvolle Falle? Konrad erzählte mir, dass er mit dem Informanten ein gemeinsames Codewort vereinbarte, das er bei der Übergabe nennen soll. Das Codewort lautete *Warhead,* was bekanntermaßen das englische Wort für Sprengkopf ist. „Kann das Codewort ein Hinweis auf den Inhalt dieser Geheimakte sein", dachte ich im Stillen. Denn *Warhead* erinnerte mich an einen Titel dieser altmodischen Agentenabenteuer, die noch vor wenigen Jahren mit großem Erfolg in den Kinos liefen. Das Interesse für diese Filme ließ in der Bevölkerung merklich nach, als die Zentralregierung in Brüssel zunehmend Einfluss auf diese Kino-Events ausübte und sie für Propagandazwecke schamlos missbrauchte. Niemand wollte mehr Geld für Propagandafilme im Kino ausgeben, wenn bedingt durch die Wirtschaftskrise die Geldbörse der meisten Menschen ohnehin nicht mehr so gefüllt war wie früher. Propaganda gab es in der staatlich kontrollierten Glotze schließlich in ausreichender Menge, ohne dafür extra Eintrittsgelder bezahlen zu müssen. Warum sollte man also dafür noch Geld im Filmtheater ausgeben? Der Staat kassiert sowieso zu viel Steuern und sonstige Abgaben, insbesondere von den Kleinverdienern. Bekanntermaßen ist diesbezüglich das sogenannte soziale Gemeinwesen immer sehr kreativ gewesen. Die Politiker am Erfolg der Movies weiter mitverdienen zu lassen, haben viele nicht mehr eingesehen und schauten sich die Blockbuster nicht mehr auf der digitalen Leinwand an. Vielleicht repräsentierte dieses Verhalten so etwas wie ein zusätzlicher kleiner stiller Protest gegen die Zentralregierung in Brüssel, wer weiß!

Mein Kumpel wusste auch nicht, ob das vereinbarte Codewort schon Hinweis auf die Essenz beinhaltet. Er konnte genau wie ich nicht wirklich ausschließen, dass der Überbringer des Informationsmaterials ein Mitarbeiter des **E.N.D.** ist, der ihm punkto Loyalität testen soll. Dennoch meinte er, dass er dieses Risiko eingehen müsste. Er wollte unbedingt reinen Tisch machen und endlich wieder ein ruhiges und vor allem besseres Gewissen haben. Im Prinzip stellte der **E.N.D.** eine Neuauflage der Gestapo aus dem „*III. Reich*" oder der Stasi aus der ehemaligen „*DDR*" dar, die die moralisch verwerfliche Aufgabe zugewiesen bekam, die schmierige Drecksarbeit für die angeblich saubere Zentralregierung in Brüssel zu erledigen, damit sie sich selbst offiziell nicht die Finger schmutzig machen müssen.

So gut wie niemanden ist diese Behörde bekannt. Auch für mich blieb diese Institution unbekannt, auch wenn ich davon ausging, dass es so einen staatlichen Machtapparat gibt, ohne vorher dessen Namen zu kennen. Sie ist ähnlich wie der S.A.-Medienkonzern für die Manipulation der Gesellschaft verantwortlich. Hierbei muss ich gehässig äußern, dass der **E.N.D.** und der S.A.-Medienkonzern so etwas wie die Marketing-Abteilungen der Zentralregierung in Brüssel sind. Es bedeutet, sie kümmern sich darum, dass die Wahrheiten nur aus Sicht der Zentralregierung in Brüssel verbreitet werden. Andere Wahrheiten werden nicht mehr akzeptiert, noch weniger zugelassen. Fast gewinne ich den Eindruck, dass sie ihre eigenen Lügen mittlerweile selbst glauben. Die Gleichschaltung der Presse ist dadurch ein normales Alltagsgeschäft geworden. Dabei wird mit allen Mitteln, die einem zur Verfügung stehen, gekämpft und zwar ohne Rücksicht auf Verluste, wobei Menschenleben keine Rolle mehr spielen. Beängstigend, wie ich meine.

Ein Außenstehender kann das Gewirr dieser Verflechtungen von Medien und Staatsinteresse nicht mehr durchschauen. Diese Erkenntnis löste bei mir Unbehagen aus, aber ich konnte meinen alten Kumpel nicht im Stich lassen. Dies hätte ich nicht mit meinen Gewissen verantworten können. Er brauchte dringend meine Hilfe, das spürte ich. Die Angst stand ihm weiterhin im Gesicht geschrieben. Jedoch wie konnte ich ihm in dieser gefährlichen Angelegenheit helfen? Konrad wollte, dass ich bei der Übergabe der Geheimakte dabei bin. Es sollte alles reibungslos klappen. Er bat mich, aus der Distanz zu kontrollieren, ob es sich bei diesem Vorhaben tatsächlich um eine Falle handelt oder nicht. Für diese Operation wurde neben dem Codewort ein weiteres Erkennungszeichen vereinbart. Beide Personen sollten bei der Übergabe eine aktuelle Zeitungsausgabe des Elbkuriers in der rechten Hand halten. Und die Kontaktperson soll zusätzlich einen altmodischen schwarzen Aktenkoffer, in der sich die Geheimakte befand, in der linken Hand tragen.

Plötzlich verspürte ich vor lauter Aufregung einen heftigen Druck auf meiner schwachen Blase und besuchte die Keramik-Ausstellung der Kneipe. Ich entleerte sie und wollte gerade die Örtlichkeit der „Getränkerückgabe" wieder verlassen, da stand vor mir eine attraktive Frau, ein richtiges südländisches Rasseweib. Ihr Alter schätzte ich auf etwa

Mitte zwanzig. Sie trug einen Minirock und hochhackige Schuhe, was ihre langen Beine vorteilhaft zur Geltung brachten, und ihre Bluse war leicht geöffnet, sodass mir gewisse Einblicke nicht verwehrt blieben. Am liebsten wäre ich über diese Frau hergefallen und hätte sie sofort vernascht. Bei mir tat sich etwas unterhalb der Gürtellinie, das spürte ich ganz intensiv. In diesem Moment konnte ich meine sexuelle Erregung zugegebenermaßen nicht mehr leugnen. „Ein Stößchen in Ehren kann niemand verwehren", dachte ich in dieser verfänglichen Lage. Es wurde mir bewusst, dass ich bezüglich gewisser Bedürfnisse lange Zeit eindeutig unterversorgt blieb. Der Arbeitsstress fraß zu sehr meine kostbare Lebenszeit auf, eine Tatsache, die mir in dieser Situation durchaus bewusst wurde. Eine perfekte Gelegenheit, Versäumtes nachzuholen?

Die Frau, die sich zwischenzeitlich als Maria vorstellte, merkte sofort, dass ich nicht abgeneigt war, sexuell aktiv zu werden. Sie bot mir ihre beruflichen Dienstleistungen für sensationelle 500 Euro an und fasste mir verheißungsvoll in den Schritt, um mich zusätzlich zu animieren. „Diese Form der Arbeitsbeschaffungsmaßnahme scheint erfolgreich zu sein", wie ich mit Nachdruck feststellen musste. Nur mit großem emotionalem Aufwand konnte ich noch meine fast grenzenlose Geilheit kontrollieren. Das Angebot der Prostituierten gewann stark an Attraktivität. Darüber hinaus war es ein Schnäppchenpreis in der heutigen Zeit, aber ich musste leider trotzdem ablehnen. Mancher würde vermutlich jetzt sagen, was für ein Riesentrottel dieser Alfred Kemper, wenn er sich so eine Chance entgehen lässt. Konrad, dieser sexsüchtige Schwerenöter, wäre sehr wahrscheinlich an meiner Stelle schwach geworden und hätte keine Rücksicht auf mich genommen. Jedoch was sollte ich machen? Wenn ich mich auf ein Nümmerchen mit ihr eingelassen hätte, müsste ich Konrad eventuell zulange mit seiner Angst und seinen Problemen allein lassen. Es meldete sich bei mir das schlechte Gewissen zurück, das ich in Anbetracht dieser Sachlage nicht mehr ignorieren konnte. Gleichzeitig gewann ich den Eindruck, dass es sich hierbei um ein Ablenkungsmanöver handeln könnte. Denn die Hure schien extrem aufdringlich zu sein, gepaart mit einer unprofessionellen Nervosität. Mehr als ich es sonst von den Frauen des horizontalen Gewerbes kannte. Ihre Unsicherheit machte mich schlagartig misstrauisch. Die Alarmglocken in meinen Kopf signalisierten mir Gefahr für meinen langjährigen Kumpel. Deshalb entschied ich mich gegen die Nummer, auch wenn die Versuchung sehr groß blieb.

Die Szene in der Herrentoilette erinnerte mich für einen kurzen Augenblick an unsere gemeinsamen Sturm- und Drangzeit während des Studiums. Trotz seines Karrierestrebens galt Konrad bezüglich des weiblichen Geschlechtes nie als Kostverächter. Er tobte sich allzu gerne mit großer Leidenschaft als Hurenstecher in sämtlichen Bordellen aus. Es gab kaum eine Nutte, die ihn nicht kannte. Häufig lud er mich sogar ein, weil ich meist nur knapp bei Kasse war. Auf diese Weise kam ich allmählich auch auf dem lustvollen Geschmack. Es kristallisierte sich eine bequeme und effektive Methode heraus, Frauen sexuell gefügig zu machen, obwohl andere wiederum behaupten, dass die Frauen die Männer in solchen speziellen Beziehungen, wenn man es überhaupt als eine solche bezeichnen kann, kontrollieren. Letztlich ist es scheißegal, welche These richtig ist. Wir wollten damals jedenfalls keine Zeit mit irgendwelchen überflüssigen Balzgehabe verschwenden, sondern schnell und zügig zur eigentlich angestrebten Praxis kommen. Es stellte eine schöne Episode in meinem Leben dar, an die ich mich gerne zurückerinnerte.

Seltsam, welche Gedanken einem Menschen in bestimmten Konstellationen durch den Kopf gehen. Zweifellos sind wir Menschen eine merkwürdige und sonderbare Spezies, weil die Natur uns immer wieder Streiche spielt, die wir häufig nicht nachvollziehen können. Ein Freund quälten ernste und schwerwiegende Probleme während ich mich durch meinen starkausgeprägten Sexualtrieb ablenken ließ, zumindest für einen kurzen Moment. Jedoch ich wusste ja, was sich gehörte und verließ zügig die stille Örtlichkeit.

Für einen kleinen Augenblick dachte ich noch über eine mögliche verpasste Chance nach und ärgerte mich ein wenig darüber. Denn solche Gelegenheiten bekam ich in letzter Zeit selten, weil ich viel arbeiten musste und meist nicht über genügend Geld verfügte, um mir die schwanzgesteuerte Rammel-Aktion leisten zu können. Anhand meines kleinen erotischen Zwischenfalls lässt sich unbestreitbar erkennen, dass in uns Menschen mehr das Tier verborgen ist, als wir uns meistens selbst zugestehen wollen. Zusätzlich halfen die wenigen Bordellbesuche in den letzten Monaten, den Umstand zu verdrängen, dass ich Barbara Winter tatenlos beim Sterben zusehen musste. Zumindest für kurze Momente schien dieses Ziel erreicht und machte daher das Leben für mich etwas erträglicher. In letzter Zeit spukte noch ein weiterer Dämon besonders stark in meinem Kopf und machte mir das Leben zur Hölle. Es drang wieder der Vorfall mit dem kleinen Jungen in mein Bewusstsein, dem ich ebenfalls hilflos beim Sterben zusehen musste. Sicher gibt es noch mehr Dämonen in meinem Schädel, aber die eben genannten quälen mich am meisten. Durch ein kleines Sexabenteuer mit Maria hätte ich quasi mehrere Dämonen gleichzeitig beschäftigen können.

Die Lösung des Dulsberger Geheimnisses könnte eventuell meine lästigen Dämonen endgültig besiegen. Lange genug quälten sie mich bereits und wurden zu einer unerträglichen Plage. Der Gedanke, das Richtige zu tun, wurde zu einer Antriebskraft, mich wieder auf das Wesentliche zu konzentrieren. Adrenalin wurde bei mir unübersehbar freigesetzt. Mein Fokus richtete sich wieder auf Konrad.

Ich wollte nicht länger über eine verpasste Gelegenheit nachdenken. Fast schämte ich mich sogar, dass ich mich für kurze Zeit vom Kurs abbringen ließ. Die Lösung seiner Probleme stufte ich fortan als wichtiger ein als hemmungslosen Sex mit einer unbekannten, nichtssagenden Nutte. Eine Tatsache, die mir wieder bewusst wurde, als ich die Toilette verlassen hatte. Denn Konrad saß nicht mehr an unserem

Tisch. Nirgendwo in der Kneipe konnte ich ihn sehen. Was passierte in der Zwischenzeit? Nur wenige Minuten waren mittlerweile vergangen. Ehrlich gesagt, wusste ich es nicht genau. Er verschwand, genau wie damals in der Zeit kurz nach dem Studium. Ich konnte mir nicht erklären, wie es passieren konnte. Schnell ereilte mich eine böse Vorahnung und spürte instinktiv, dass etwas Schlimmes passiert sein musste.

Ich fragte den Gastwirt, wo mein Kumpel geblieben sei, der sich jedoch angeblich nicht an ihn erinnern konnte, auch nicht als ich ihm eine exakte Personenbeschreibung von Konrad gab. Zusätzlich erinnerte ich ihn daran, dass er Konrad zuvor ein Bier an unseren Tisch brachte. Jedoch der Wirt blieb stur und hartnäckig bei seiner Aussage. Eine gewisse Unruhe beim Inhaber des zwielichtigen Etablissements ließ sich für mich nicht übersehen. Ein Indiz der Angst? Vermutlich wollte er es nicht mit der Staatsgewalt verscherzen. Genauso wenig konnten sich angeblich die anderen Gäste an meinen Kumpel erinnern. Bei mir entstand ein Gefühl der Verzweiflung und wusste zunächst nicht, was ich tun sollte, bis ich plötzlich wieder an die Prostituierte namens Maria dachte, die mir unerwartet in der Herrentoilette ihre nichtjugendfreie Dienstleistung anbot. Tatsächlich ein geplantes Ablenkungsmanöver? „Vielleicht agierte die Frau im Auftrag dieser dubiosen Behörde, die mein ehemaliger Studienkollege im Gespräch mir gegenüber erwähnte", kam mir als Idee in den Kopf. Dieser Gedanke drängte sich bei mir erneut auf und schien keineswegs abwegig zu sein, da ich bekanntermaßen nicht an Zufälle dieser Art glaube. Schließlich möchte ich nicht den Bezug zur Realität verlieren. So etwas kann ich mir in meinen Beruf nicht leisten. Dies könnte früher oder später tödliche Konsequenzen für mich haben.

Daher blieb meine volle Konzentration gefordert. Ich ging zurück zur Toilette, um festzustellen, ob diese Dame dort weiter ihrer freiberuflichen Tätigkeit nachging oder nicht. Meine Strategie war es, sie zur Rede zu stellen, um wichtige Informationen von ihr zu erhalten, die mir eventuell weiterhelfen könnten. Jedoch gab es keine Spur oder ein Lebenszeichen von ihr. Ich entdeckte eine Hintertür, die eindeutig nach draußen ins Freie führte. Dies erklärte mir einiges. Zur Sicherheit kontrollierte ich zusätzlich die Damentoilette, aber auch dort konnte ich sie nicht finden. Genau wie Konrad blieb diese Frau auf rätselhafterweise verschwunden. Mein Verdacht, dass der **E.N.D.** seine Finger im Spiel hatte, schien sich zunehmend zu verhärten.

Die Ereignisse wurden immer mysteriöser und undurchschaubarer. Ich konnte kurzfristig keinen wirklich klaren Gedanken mehr fassen. Alles überforderte mich maßlos. Fast dem Wahnsinn nahe, drohte mein Schädel jederzeit zu explodieren. Wie gehe ich damit um? Was ergab dies alles für einen Sinn? Fragen über Fragen enstanden. Irgendwie musste ich die Selbstkontrolle behalten, sonst hätte es bereits jetzt schon zu einem lebensgefährlichen Verlauf der Handlung für mich geführt. Keineswegs durfte ich das Szenario unterschätzen.

Die Menschen in der Kneipe verweigerten aus Angst vor der Staatsgewalt ihre Hilfe. Die Partystimmung, die zuvor herrschte, verschwand schlagartig, als hätte sie nie existiert. Die düstere Atmosphäre in der Kneipe, die letztlich ein inoffizieller Puff ist, kehrte mit absoluter Heftigkeit zurück. Die heitere Redseligkeit wich einem kaum begreifbaren Schweigen. Nicht einmal eine einfache Auskunft bekam ich. Mit welchen Mitteln wurden die Gäste in der Kürze der Zeit eingeschüchtert? Zugegebenermaßen geriet ich in einen Zustand der geistigen Konfusität. Die Gefahr, in der ich mittlerweile schwebte, wurde mir immer gegenwärtiger. Ich musste mich ihr stellen, ob ich es wollte oder nicht. Wie kann ich mich aus der Gefahr retten? Gab es überhaupt eine realistische Chance dafür? Die passenden Antworten bekam ich jedoch vorerst nicht.

Es wurde mir schlagartig bewusst, dass ich den Schauplatz schnellstmöglich verlassen musste. Ich bezahlte schnell mein Bier und verließ fast überfallartig die Kneipe. Ich traute meinen Augen kaum, da sah ich draußen wie Konrad in Begleitung der Prostituierten und zwei Männern, die schwarze Anzüge trugen, in Handschellen abgeführt wurde. Konrad stieg mit einem der zwei Männer hinten in eine blaue Limousine ein, während sich der zweite Mann an das Steuer setzte und die Prostituierte neben ihm auf dem Beifahrersitz Platz nahm. Der Wagen fuhr los und verschwand aus meinem Blickfeld.

Ehrlich gesagt wusste ich zu diesem Zeitpunkt noch nicht, wie ich diese reizüberfluteten Ereignisse bewerten sollte. Konrad wurde von zwei unbekannten Männern in Handschellen abgeführt, die möglicherweise zum **E.N.D.** gehörten, und ich wusste nicht, wohin sie ihn bringen würden. Vielleicht zur Geheimdienstzentrale? Muss er sogar mit brutaler Folter rechnen? Was plaudert er möglicherweise aus? Hält er den massiven Druck auf Dauer aus, der wahrscheinlich auf ihm lasten wird? Welche Konsequenzen drohen ihm hinterher? Und was droht mir möglicherweise? Schwer einzuschätzen. Besorgniserregend aus meiner Sicht. Warum auf einmal tauchte die Prostituierte aus dem Nichts in der Herrentoilette auf? Mein Kumpel musste tatsächlich seit langem unter Beobachtung gestanden haben, eine andere Erklärung fand ich damals nicht.

Nun bekam ich starke Beklemmungen, da sich eine Hilflosigkeit bei mir bemerkbar machte, mit dem Gefühl, nichts machen oder ausrichten zu können. Gewisse Gefühlsmuster schienen sich zurzeit ständig zu wiederholen, was ich als sehr erschreckend wahrnahm. Denken Sie in diesen Kontext an den Jungen oder an Barbara Winter! Ich befand mich in einen Teufelskreislauf, aus dem ich mich nur sehr schwer wieder befreien konnte, eine Tatsache, die immer stärker in mein Bewusstsein eindrang. Es stellte eine direkte Konfrontation mit meinen Panikattacken dar, die ich weder leugnen noch ignorieren konnte. Es gab einfach kein wirklich wirksames Mittel gegen sie. Es blieb zum Verrücktwerden.

Ich fasste den Entschluss mit der U-Bahn nach Hause zu fahren, um ein paar Stunden schlafen zu können. Dabei fühlte ich mich aber nicht sicher, ob ich in Anbetracht meiner Ängste und Befürchtungen überhaupt den nötigen Schlaf finden würde, aber ich musste es zumindest versuchen. Ich trank auch kein weiteres Bier mehr, um morgens nicht mit einer Katerstimmung aufzuwachen. Denn ich musste am nächsten Morgen ausgeruht und vor allem fit sein, um einen klaren Kopf behalten zu können, da mein weiteres Handeln aufgrund der vorherrschenden Gefahrensituation meine volle Konzentration erforderte.

Zum dritten Mal unterbrach Nockermann das Lesen dieser spannenden Geschichte. Es wurde Zeit, seine Medikamente einzunehmen. Er nahm sie mit einem Schluck Wasser ein, in der tiefsten Überzeugung auf diese Weise besser durch den heutigen Tag zu kommen. Es stellte für ihn eine nervliche Beruhigung dar, vor allem, als er an den Vorfall vor etwa zwanzig bis dreißig Minuten in seinem Büro dachte. Das Gespräch mit Lose, dem Denunzianten, der durchaus ein mieser Fiesling sein konnte, setzte ihm nervlich und emotional arg zu. Denn es herrschte nicht allein die übliche berufliche Stresssituation, sondern es kam eine weitere erhebliche Mehrbelastung hinzu, hervorgerufen durch seine Lüge, die genauso gut hätte enttarnt werden können. Dies wiederum hätte ihn nicht nur sein Job gekostet, es wären weitergehende Konsequenzen für ihn zu befürchten, über die er lieber nicht vertiefend nachdenken mochte, sonst würde er sich in seine Angst noch weiter hineinsteigern. Ein Horrorszenario drohte ihm möglicherweise.
Die Lüge verstieß gegen sein übliches Pflichtbewusstsein, aber trotzdem tat er es. Er begriff immer noch nicht, warum er es dazu hinreißen ließ. Denn Wagemut gehörte normalerweise nicht zu seinen eigentlichen Stärken, eher im Gegenteil, er war seit seiner Heirat vor ca. drei Jahren immer bemüht, nicht unangenehm aufzufallen, weil er verständlicherweise seine Familie und sich schützen wollte. Schließlich musste er Verantwortung für seine Frau und seine zwei Töchter übernehmen. Die Ehefrau übte darüber hinaus enormen Druck auf ihn aus, damit er die Karriereleiter

schneller nach oben erklimmt. Deshalb gab es immer häufiger massiven Ehekrach. Angeblich strengte er sich nicht genügend an, Erfolg zu haben. Seine Frau beschimpfte ihn zeitweilig sogar als jämmerlichen Versager. Und einiges an Wohnungsinventar, das durch die Luft flog, ging oftmals dabei zu Bruch. Eine enorm schwere Last, die er schultern musste. Sie schien ihn zunehmend zu belasten und zu erdrücken. Der baldige seelische Zusammenbruch drohte. Und nun wurde er mit dieser unglaublichen Geschichte des Journalisten Alfred Kemper konfrontiert. Was soll er jetzt machen? Bisher ging es ihm nur darum, alles im Sinne der Gesellschaft richtig zu machen und sich anzupassen. Dadurch blieb er stets mit seinen Pflichtgefühl und den hohen Erwartungsdruck beschäftigt. Eine emotionale Spannungskulisse baute sich in seinen Kopf auf.

Er wusste daher nicht, ob er den Brief nicht doch der Geschäftsleitung zeigen sollte. Notgedrungen trug er einen Kampf mit sich selbst aus, wobei viele Gedanken durch seinen Kopf schwirrten, die er nur schwer ordnen oder sortieren konnte. Es herrschte inzwischen ein ähnliches Chaos in seinem Kopf wie auf seinem Schreibtisch. Fast bereute er seine Lüge schon. Niemals hätte er gedacht, in so eine brenzlige Situation hineinzugeraten. Er ging in der Vergangenheit immer nur den graden und sehr sicheren Weg. „Bloß nichts falsch machen", hieß seine bisherige Devise. Trotz seiner offensichtlichen Eheprobleme schien nur die Familie, der sichere Arbeitsplatz und die finanzielle Absicherung im Alter wichtig zu sein. Ein typischer Kleinbürger eben, den sich der Staat als sein erstrebenswertes Ideal wünscht. Kann er trotzdem über sich hinauswachsen? Seine kleine überschaubare Welt geriet nun möglicherweise endgültig ins Wanken. Dennoch übte diese spezielle Geschichte immer noch eine große Faszination auf ihn aus, die er sich nicht erklären konnte. Ihn fesselte der brisante Inhalt dieses sehr ausführlichen Briefes. Darum entschloss er sich weiterzulesen, um eine Entscheidung treffen zu können, die sein weiteres Leben bestimmen würde:

Nach einer unruhigen, fast schlaflosen Nacht, überlegte ich immer noch, was ich tun sollte. Denn nun befand ich mich in einer halsbrecherischen Situation – eine Realität, die ich akzeptieren musste. Ich steckte in der Klemme und war in etwas hineingeraten, was mich eigentlich maßlos überforderte. Trotzdem gab es für mich keine andere Alternative. Ich musste mich mit dieser Kontaktperson treffen, auch wenn es ein gewisses Risiko für mich bedeutete. Dies schien der einzige Weg zu sein, um aus dem Schlamassel wieder herauszukommen. Es packte mich zusätzlich eine heftige Neugier, weil ich wissen wollte, was sich hinter dem Geheimnis von Dulsberg verbarg. Und irgendwie blieb ich es meinem Kumpel schuldig. Nie hätte ich mich von dieser Prostituierten, diesem geilen Luder, ablenken dürfen. Genauso wenig kann ich immer meine inneren Dämonen als Anlass vorschieben, um mich vor meiner gesellschaftlichen Verantwortung zu drücken. Vielleicht wenn ich deutlich schneller am Platz zurück gewesen wäre, dann wäre er vermutlich nicht von den zwei Männern in schwarzen Anzügen in Handschellen abgeführt worden. Genug spekuliert. Denn ich hoffte, dass Konrad doch noch lebte, egal wie groß die Chance dafür tatsächlich ist.

Daher begab ich mich in der Nähe des Treffpunktes. Die Zeitungsverkäufer verkündeten gekonnt plakativ, wie gewohnt, die neuesten und brandaktuellen Nachrichten. Wie früher die Marktschreier von Fischmarkt, den es leider seit fünf Jahren nicht mehr gibt, riefen sie: „Olaf von Beuhausen. Hinrichtung schon am 8. August: 17.00 Uhr live im TV".

Diese Schlagzeile galt als die Sensation des Morgens, die als Jahrmarktsattraktion vermarktet wurde. Grauenvoll wie die Medien die Hinrichtung eines Politikers kommerziell ausschlachteten. „Mit dem Tod könnte ich jederzeit gutes Geld verdienen", dachte ich fast ironisch und bekam beinahe das Gefühl, als Freiberufler die falsche Entscheidung getroffen zu haben. „Ich hätte wohl doch besser Reporter beim

S.A.-Medienkonzern werden sollen", überlegte ich weiter, wenn auch nicht wirklich ernsthaft. Auf diese Weise wollte ich die endlos lange Wartezeit überbrücken. Mein Fantasiegerüst kannte hierbei scheinbar keine Grenze mehr. Bei einer Anstellung dieses dubiosen Konzerns müsste ich mir möglicherweise für den Rest meines Lebens keine Sorgen bezüglich meiner Alterssicherung machen. Eine Sicherheit, die heutzutage ansonsten nur möglich ist, wenn man direkt für den Staat als Beamter oder Angestellter arbeitet. Ich erhielt sogar vor zwei Jahren ein gutes Angebot vom Konzern, was ich aber dankend ablehnte. Für meinen Arbeitsplatz müsste ich die menschliche Würde aus meinem Wortschatz komplett streichen und meinen Idealismus über Bord werfen, was aber meinen Moralvorstellungen total widersprach. Für mich stufte ich es in diesem Zusammenhang als wichtiger ein, mir einen Freiraum in dieser diktatorisch geprägten Gesellschaft zu erhalten, selbst wenn er nur sehr überschaubar blieb, um ein Stück eigene Identität zu erlangen. Problemlos wollte ich mich weiterhin im Spiegel betrachten können, ohne ein schlechtes Gewissen zu bekommen. Jedoch musste ich mich zunächst auf das Treffen mit der Kontaktperson meines Kumpels konzentrieren, welches meine volle Aufmerksamkeit verlangte. Denn Fehler konnte ich mir keineswegs erlauben.

Ich kaufte mir am Kiosk eine aktuelle Zeitungsausgabe des Elbkuriers und begab mich zum vereinbarten Treffpunkt. Ungeduldig wartete ich auf dem Überbringer der Geheimakte und wurde langsam kribbelig. Die Nervosität wurde im ganzen Körper immer fühlbarer, was bei mir ein gewisses Herzrasen verursachte. Der Pulsschlag erhöhte spürbar das Tempo, und die innere Unruhe wuchs beinahe ins Unermessliche. Ich durfte mir äußerlich nichts anmerken lassen, da ich sonst damit rechnen musste, von der Staatsgewalt streng kontrolliert beziehungsweise genauestens beobachtet zu werden. Dies wollte ich natürlich möglichst vermeiden. Wenigstens sah ich keine Überwachungsdrohnen, die normalerweise in diesem Territorium ihre Kreise zogen.

Jedoch wirklich beruhigen tat mich diese Tatsache nicht. Denn ich wollte die heikle Mission wegen sträflichen Leichtsinns nicht gefährden. Irgendwie blieb sie zum Erfolg verdammt.

Es war genau 11.00 Uhr, und nirgendwo konnte ich eine Person mit schwarzem Aktenkoffer sehen. „Hoffentlich ist es kein schlechtes Omen", dachte ich in diesem Kontext. Es entstand die Befürchtung, dass die betreffende Person unpünktlich sein könnte. Denn ich sah in meiner Angst schon Parallelen zum Verschwinden meines Kumpels, der gegen seine Gewohnheit gestern unpünktlich in der Kneipe erschien. Es lief mir schon der Schweiß von der Stirn, obwohl es draußen im Gegensatz zum gestrigen Tag zur Abwechslung mal kühl blieb. Immer stärker gewann ich das unangenehme Gefühl, dass der Schweiß nun aus allen Poren bei mir gekrochen kam. Weiterhin durfte ich mir keine Nervosität gegenüber den Straßenpassanten anmerken lassen. Jeder von ihnen konnte ein Mitarbeiter des **E.N. D.** sein. Eine absolute Herausforderung für mich, die mir viel innere Kraft kostete und einiges abverlangte. Eine Festnahme durch die Staatspolizei ist heutzutage ebenfalls kein Zuckerschlecken mehr, um es mal zurückhaltend zu formulieren. Eher im Gegenteil. Die Polizeibrutalität wurde dank Adolf S. zur absoluten Normalität in unseren Alltag. Der Minister stattete die Polizei mit entsprechenden Machtbefugnissen aus. „Staatliche Willkür leicht gemacht", lautete hier wohl das aktuelle gesellschaftliche Motto unserer Zeitrechnung. Kleine Verhaltensauffälligkeiten reichen heutzutage als Vorwand für eine Festnahme völlig aus. Man galt automatisch als verdächtigt, ohne es näher begründen zu müssen. Die Rechte für die Bürger wurden auf diese Weise in den letzten Jahren stark, vielleicht sogar massiv eingeschränkt. Genau wie bei den zahlreichen Überwachungskameras und den Drohnen, die immer häufiger eingesetzt werden, heißt es hier von Seiten des Staates, es sei zu unserer eigenen Sicherheit. „Bloß nicht auffallen", hieß also meine aktuelle Überlebensdevise.

Dann endlich ein Gefühl der Erleichterung, ich sah einen Mann mit schwarzem Aktenkoffer und einer aktuellen Ausgabe des Elbkuriers in seiner Hand. Dabei gewann ich den Eindruck, dass er irgendjemanden suchte. So vermutete ich, dass er sich nach meinem Kumpel umschaute und somit meine Zielperson sei, auf die ich mit voller Ungeduld wartete. Ich ging auf ihn zu und nannte ihn das vereinbarte Codewort. Danach übergab mir der Mann den schwarzen Aktenkoffer und sprach mich auf das militärische Sperrgebiet an, dass sich hier in unmittelbarer Nähe befand. Die kasernenähnliche Architektur in diesem zwielichtigen Stadtteil ist durchaus ein eindeutiges Indiz für diesen Sachverhalt. Die Soldaten, die für die Überwachung des Geländes zuständig sind, wurden dort teilweise untergebracht. Und es ist bestimmt kein Zufall, dass die Rotlichtszene auf Initiative des Staates nach Dulsberg verlagert wurde. In diesem Zusammenhang ging es also nicht nur um die Fälschung der Kriminalstatistik, die ich eingangs erwähnte, sondern ein zusätzliches und logisches Ziel schien es auch zu sein, die Soldaten in jeder Hinsicht bei Laune zu halten. Ich denke, dass diese Fakten durchaus mit dem Geheimnis von Dulsberg zu tun haben. Im Sperrgebiet sollte sich die ursprüngliche Erhebung von Dulsberg befinden, erfuhr ich weiter. Davon ist heute nichts mehr zu sehen. Und nur wenige Eingeweihte wissen, dass es dort eine Erhebung gab. Die Regierung ließ diese Erhebung vor mehreren Jahren abtragen, und die Fläche wurde eingeebnet. Bedingt durch den topografischen Faktor konnte die Regierung diese Realität geheim halten. Dies wurde bewusst so umgesetzt. Denn unterhalb davon befindet sich eine unterirdische Höhle, die für machtpolitische Zwecke ohne Berücksichtigung des Gewissens missbraucht wird. Es befindet sich darin eine hochmoderne Waffenfabrik, in der hochtechnologische und sehr gefährliche Kriegsspielzeuge hergestellt werden, die für unberechenbare Terroristen bestimmt sind, die eigentlich Feinde der Regierung darstellen. Insbesondere an die Terrorgruppe „Radikale Union" werden die Waffen in großen Stil geliefert, die seit kurzem verstärkt scheinbar wahllos Anschläge auf die Zivilbevölkerung ausübt. Bis heute habe ich nicht verstanden, warum sie es tut. Welche politischen Ziele verfolgen sie mit ihren Gewaltaktionen? Liegt der Sinn wohlmöglich nur darin, Angst und Schrecken für die Regierung zu verbreiten? Wenn ja, warum? Ich hoffte bald Antworten auf meine Fragen zu finden. Von meiner Kontaktperson erfuhr ich, dass die Terroristen nicht wissen von wem sie eigentlich die Waffen erhalten. Denn der unseriöse Waffendeal wird über Strohmänner, die als Zwischenhändler agieren, abgewickelt. Auf diese Weise sind die Terroristen letztlich nur Marionetten der Regierung, ohne dass es ihnen bewusst ist.

Die Regierung kann dadurch zwei Fliegen mit einer Klappe schlagen. **Erstens:** Durch die Waffengeschäfte werden die angeblich leeren Staatskassen wieder randvoll gefüllt. **Und zweitens:** Man kann durch die brutalen Terroranschläge die verschärften staatlichen Kontrollen rechtfertigen und so Druck auf die Bevölkerung ausüben, ohne mit einer großen Gegenwehr rechnen zu müssen.

Die Medien profitieren natürlich auch, wie soll es auch sein. Nicht umsonst heißt es: „Nur eine schlechte Nachricht ist eine wirklich gute Nachricht". Dieser Grundsatz galt schon vor dem großen Einfluss des S.A.-Medienkonzerns, nur mit der Tatsache, dass es jetzt noch viel schlimmer geworden ist. Der Tatbestand erklärte auch, warum Dulsberg der Stadtteil ist, der in Hamburg am meisten kontrolliert wird. Auf diese Weise konnte bisher die Bürger im unklarem gelassen werden. Dies muss sich auf jedem Fall ändern. Die Menschen müssen endlich wachgerüttelt werden. Nur so kann sich in unserer Gesellschaft tatsächlich etwas im positiven Sinne verändern. Dies alles erzählte mir der Kontaktmann mit einer gewissen Aufgeregtheit in der Stimme bei der Übergabe des schwarzen Aktenkoffers. Offensichtlich verspürte er über ein enormes Angstpotenzial. Die Gefahrensituation, die zweifellos herrschte, konnte nicht mehr geleugnet werden.

Plötzlich hörte ich ein leichtes dumpfes Geräusch. Der Kontaktmann brach überraschend zusammen. Die helle Jacke verfärbte sich rasch blutrot. Der Körper rührte sich nicht mehr. Wieso blieb der Mann regungslos auf dem Boden liegen? In diesem Augenblick wurde mir bewusst, dass er tot war. „Nur die Ruhe bewahren", konnte in dieser Situation die rettende Idee sein. Was sollte ich jetzt machen? Ein eiskalter Mörder befand sich in meiner unmittelbaren Nähe. Und ich konnte wohlmöglich sein nächstes Opfer sein.

Als ich mich zum Toten herunterbeugte, hörte ich weitere dumpfe Geräusche. Dies spielte sich innerhalb von Bruchteilen von Sekunden ab. Diese dumpfen Geräusche identifizierte ich schnell als Schüsse, die aus einer Automatikwaffe mit Schalldämpfer abgegeben wurden. Die Schüsse, die nachträglich erfolgten, rauschten knapp an mir vorbei und schlugen in den Baum, der rechts neben mir stand, ein.

Mit dem Aktenkoffer in der Hand rannte ich, ohne nachzudenken, los. Der gute Vorsatz, die Ruhe zu bewahren, verschwand schlagartig und verlor komplett an Bedeutung. Der Adrenalin-Spiegel stieg fast überfallartig an. Dabei erlangte ich das Gefühl, dass die Angst, die ich in mir verspürte, meinen Beinen wie durch ein Wunder Flügel verlieh. Denn ich rannte immer schneller und schneller. Weitere Schüsse wurden aus der Automatikwaffe auf mich abgefeuert. Eine Kugel erwischte mich unglücklicherweise am rechten Oberschenkel. Trotzdem hörte ich nicht auf zu laufen. Ich drehte mich vor lauter Panik nicht einmal um. Es schien nur wichtig zu sein, mich so rasch wie möglich in Sicherheit zu bringen. In diesen Schrecksekunden blieb ich einfach kopflos. Mir wurde bewusst, dass ich in höchster akuter Lebensgefahr schwebte. Dieser Gedanke löste mir einen riesengroßen Schock aus.

Dann machte ich kurz halt, als ich am Ende der Häuserzeile um die Ecke abbog, um Luft zu holen. Ich war völlig außer Atem. Der Sauerstoffgehalt in meinem Körper schien nahezu komplett aufgebraucht zu sein. Mein Kreislauf spielte daher absolut verrückt. Fast hätte ich einen körperlichen Zusammenbruch erlitten. Ein bedrohliches Schwindelgefühl machte sich unerwartet bemerkbar. Nur mit sehr viel Mühe konnte ich mich auf den Beinen halten. Außerdem verlor ich viel Blut und spürte einen unerträglichen, höllischen und stechenden Schmerz in meinem Bein. Es ist beinahe unbegreiflich, dass ich mit so einer Verletzung überhaupt laufen konnte. Erstaunlich, was ein Überlebenswille und Angstgefühle für Kräfte bei uns Menschen freisetzen können.

Nach einer kurzen Verschnaufpause schaute ich um die Ecke, ob mir der vermeintliche Todesschütze weiterhin folgte. Jedoch in der Häuserzeile, der ich zuvor in mörderischem Tempo entlang gerannt war, befand sich kein Mensch, und es herrschte eine beklemmende Totenstille. Es standen nicht einmal, wie sonst üblich, die bewaffneten Polizisten an der Straßenecke. Dies machte mich ein wenig stutzig. Zur Sicherheit zertrümmerte ich mein Handy, damit die Staatsgewalt mich nicht mehr orten konnte. Alles andere wäre purer Leichtsinn, vielleicht sogar Selbstmord gewesen.

Wieso ist mir der Auftragskiller nicht mehr gefolgt? Logisch erschien mir das Verhalten des staatlich angeheuerten Mörders nicht. Die merkwürdige Herangehensweise des Killers warf weitere Fragen auf. Welche Rolle hatte man mir in diesem brisanten Schachspiel zugedacht? Sollte ich als Figur noch weiter im Spiel bleiben? Wenn ja, warum? Zunächst vermutete ich, dass der Attentäter ein bezahlter Schütze des **E.N.D.** war. Vielleicht sollte er kein weiteres Aufsehen erregen und möglichst nicht auffallen. Die Lösung erschien mir zu einfach, aber eine andere Erklärung fiel mir zu diesem Zeitpunkt nicht ein. Ich konnte das Spiel nicht wirklich durchschauen, so sehr ich es auch versuchte. Diese Tatsache machte mir enorme Angst.

Nockermann unterbrach ein weiteres Mal das Lesen. Er brauchte zweifelsfrei einen weiteren Kaffee, um sich wach zu halten. Allmählich näherte er sich dem Ende des Briefes.

Immer noch konnte er keine Entscheidung treffen, wie er sich bezüglich des Briefes gegenüber seinen Arbeitgeber verhalten soll. Genau wie der Verfasser des Briefes verspürte er eine große, vielleicht sogar eine unberechenbare Angst. Dennoch wollte er den Text zunächst weiterlesen. „Hoffentlich werde ich bei meiner Lüge bei Lose nicht ertappt", hoffte er inständig. Schnell holte er sich einen frischen Kaffee und las einfach weiter:

Noch nie drang mir so intensiv in mein Bewusstsein, dass ich in einer schier aussichtslos schwierigen Lage steckte. Stand ich möglicherweise auf der Abschussliste der Geheimpolizei? Mein Leben war kein Pfifferling mehr wert, soviel stand bereits fest. Notdürftig verband ich mir mit einem Taschentuch die Schussverletzung, die sich zum Glück nur als Streifschuss herausstellte. Nun musste ich wie die steckbrieflich gesuchten Berufskollegen im Untergrund arbeiten, da ich zu viel wusste und wahrscheinlich über hochbrisantes Material im Aktenkoffer verfügte, was für die Regierung in Brüssel und für den Hamburger Senat sehr bedrohlich sein konnte. Daher rechnete ich entweder damit, von der Polizei verhaftet oder auf offener Straße von einem „E.N.D.-Mitarbeiter" erschossen zu werden. Meine Chancen, heil aus dem Schlamassel herauszukommen, waren beziehungsweise sind nur sehr gering. Ich fühlte mich wie ein wildes und gehetztes Raubtier, dass zum Abschuss freigegeben wurde und allmählich von der Jägermeute in die Enge getrieben wird.

So blieb mir zunächst nichts anderes übrig, als in einer billigen und schmutzigen Absteige Unterschlupf zu suchen. Den Namen der Absteige kann ich an dieser Stelle nicht erwähnen. Es ist augenblicklich immer noch zu gefährlich, meinen Aufenthaltsort zu verraten, wie schon zu Beginn des Briefes erwähnt. Daran änderte sich zwischenzeitlich nichts. Eher im Gegenteil. Es wurde für mich immer gefährlicher. Zunehmend geriet ich im Fokus meiner Gegenspieler, die ich nicht einmal kannte. Sie zogen im Hintergrund die Fäden.

Somit befand ich mich zweifelsfrei eindeutig im Nachteil. Bisher konnte ich meist nur reagieren, aber weniger agierend ins Geschehen eingreifen. Wie kann ich den Spieß umdrehen? Noch fand ich keine befriedigende Antwort auf diese Frage.

Bekanntermaßen wird in solchen Hotels nicht der Personalausweis verlangt und auch sonst müssen keine unnötigen oder unangenehmen Fragen beantwortet werden. Ein Portier namens Pierre erhielt von mir ein wirklich fürstliches Trinkgeld, was meine Haushaltskasse eigentlich überforderte. Dafür besorgte er mir eine Notapotheke, damit ich mein Bein medizinisch versorgen konnte. Ein weiterer Vorteil des Trinkgeldes war das Schweigen des Portiers, was ich mir dafür erkaufte. Er meldete die Schusswunde nicht der Polizei, obwohl er normalerweise dazu verpflichtet ist. Sein Verhalten ist der Beweis, dass fast jeder in unserer Gesellschaft käuflich und somit auch korrupt ist, vorausgesetzt der Preis findet die entsprechende Zustimmung.

Es erwies sich als perfekte Chance, mich in Sicherheit zu bringen, obwohl man in der heutigen Zeit nie ganz sicher sein kann. Denn Denunzianten, ein charakteristisches Merkmal unserer Gesellschaft, vermehren sich wie lästige und ekelerregende Schmeißfliegen. Diese widerliche Plage kann man, wenn überhaupt, nur schwer wieder loswerden. Denn die großzügigen Belohnungen der Regierung sind für viele Menschen aufgrund ihrer materiellen Not zu verlockend, wenn sie Gelegenheit haben, sogenannte Staatsfeinde an die Polizei zu verraten. Darüber hinaus lockt die Belohnung auch unseriöse Kopfgeldjäger an, die meist nur aus Gesindel und Gesetzlosen bestehen und auf alles gnadenlos schießen, was irgendwie den schnellen Euro einbringt.

Die verlockende Belohnung für die Ergreifung von Staatsfeinden wird als Werbebotschaft durch die Presselandschaft der Bevölkerung nahe gebracht. Wie sicher ist also das Schweigen des Portiers auf Dauer? Verlangt er demnächst mehr Geld von mir? Schwer zu sagen. Jedoch solange noch kein Steckbrief von mir veröffentlicht und kein Kopfgeld auf mich angesetzt ist, habe ich zumindest vorläufig nichts zu befürchten, hoffe ich zumindest.

Ich verfügte über genügend Gelegenheit und Zeit, mir die Geheimakte, die mit dem 15. April 2161 datiert wurde, genauer anzuschauen. Es beinhaltete hauptsächlich Entwürfe von hochmodernen Waffen, die dort in der Höhle hergestellt werden. Darüber hinaus entnahm ich aus dieser Geheimakte mit dem Decknamen *Warhead* die Baupläne über die Waffenfabrik in der Höhle von Dulsberg, die der Öffentlichkeit aus gutem Grund verschwiegen wird. Zahlreiche Waffentransporte wurden mit den entsprechenden Daten in einen Registerbuch verzeichnet. Die Verkaufszahlen und die erzielten Profite könnten zu Recht die Öffentlichkeit wütend machen. Eine buchhalterische Erfassung der Waffentransporte plus die eben genannten Unterlagen können der jetzigen Regierung durchaus das Genick brechen, wenn es den Bürgern öffentlich gemacht wird, insbesondere wenn sie erfahren, dass die Machthabenden Waffengeschäfte mit Terroristen, speziell mit der „Radikalen Union" macht. Es könnte endgültig eine bahnbrechende Revolution in Europa auslösen. Die Schwierigkeit ist, dass die Presse von dem S.A.-Medienkonzern kontrolliert wird, der bekanntermaßen regierungstreu ist.

Nun denke ich, dass ich Sie, lieber Leser des Briefes, von meinem Standpunkt überzeugen konnte. Es kann manchmal ratsam sein, dass gewisse Geheimnisse nicht gelüftet werden, da sonst Mitwisser in Gefahr geraten. Mein Kumpel wurde von zwei zwielichtigen Männern in dunklen Anzügen in Handschellen abgeführt. Welche Rolle die Prostituierte in diesem Zusammenhang tatsächlich spielte, muss genau geklärt werden. Kann sie mir weitere Informationen über den Verbleib meines Kumpels geben? Oder ist sie selbst nur ein Opfer in diesem sehr heiklen Verwirrspiel? Denn häufig werden Prostituierte, insbesondere welche die aus Übersee kommen, von der Regierung gezielt eingesetzt, um spezielle Aufträge beziehungsweise gewisse Dienste zu erfüllen. Dabei haben die Frauen dieses Berufsstandes oft keine andere Wahlmöglichkeit, als bei dieser böse Darbietung mitzuspielen, da sie von der Staatsgewalt unter Druck gesetzt werden, indem man ihnen beispielsweise mit Arbeitslager unter erschwerten Bedingungen droht. Ihnen wird meist der elektronische Pass entzogen, um eine Flucht aus Europa zu verhindern. Mit wenig Geld und ohne Identitätsnachweis haben diese Frauen quasi keine Chance, unserem raffiniert ausgefeilten Überwachungssystem zu entrinnen. Europa ist in diesem Kontext zu einen gigantisch großen Gefängnis mutiert. Nur ihren Körper als Bestechung anzubieten, reicht den Grenzbeamten der Staatspolizei nicht mehr aus. Die Preise sind wegen der hohen und langanhaltenden Inflationsrate stark gestiegen. Dazu gehören auch die inzwischen handelsüblichen Bestechungsgelder unserer Staatsdiener. Dieses Beispiel ist letztlich nur ein zusätzlicher Beleg für die Zuhälterei des Staates, wo die Frauen meistens gezwungen sind, sich ihrem vorgegebenen Schicksal notgedrungen zu fügen. Sie gelten offiziell, ähnlich wie im Mittelalter, als Geächtete der Gesellschaft. Daher haben sie keine Chance, sich zu wehren. Insgesamt gehe ich davon aus, dass Maria inzwischen beseitigt wurde, da sie zu einer gefährlichen Mitwisserin geworden war. Ist Maria tatsächlich der richtige Name der Frau aus der Herrentoilette? Schwierig zu sagen, da die Frauen des horizontalen Gewerbes üblicherweise häufig Künstlernamen tragen, um ihre Anonymität zu wahren. So gesehen ist sie eine Unbekannte, vielleicht sogar eine Namenlose.

Ich will mich hier aber nicht zu irgendwelchen Vermutungen oder Spekulationen hinreißen lassen, die uns möglicherweise in die Irre treiben. Dies hilft niemandem von uns weiter. Und zum Schluss stellt sich mir die Frage, wer der Kontaktmann ist, der mir das brisante Aktenmaterial über das Geheimnis von Dulsberg besorgte. Dies sind lauter ungeklärte Fragen, die dringend Antworten erfordern.

Ich brauche unbedingt ihre Hilfe. Denn es gibt mittlerweile zu viele Leichen, die meinen Weg pflastern. Das sinnlose Sterben durch dieses grausame Regime muss in jedem Fall aufhören. Sie verfügen über das nötige Hintergrundwissen, um entsprechend agieren zu können. Sie sind sozusagen mittlerweile selbst ein Mitwisser in diesem Geschehen. Auf Sie lastet daher eine große Verantwortung. Sie haben es quasi in der Hand, ob Sie gesellschaftliche Veränderungen wollen oder nicht. Letztlich müssen Sie es mit Ihrem Gewissen ausmachen. Sie können ein wichtiges Zeichen setzen, indem Sie einen Artikel über die von mir geschilderten Ereignisse verfassen. Dies kann für jeden anderen von uns ein Signal sein, endlich offiziell politisch aktiv zu werden.

Zwischenzeitlich konnte ich Kontakt zu einigen Berufs-kollegen aufnehmen, die die Pressefreiheit in unserem Staate wiedererlangen wollen. Die gemeinsamen Interessen, näm-lich mit den politischen Missständen aufzuräumen, schweiß-ten uns zu einer aktivwerdenden Einheit zusammen, um endlich den Skandal öffentlich machen zu können.

Hierbei kann ich nur an Ihre Vernunft appellieren und hoffen, dass Sie meinen Kollegen und mir helfen. Unser Leben liegt in Ihren Händen. Wir sind von Ihrer Hilfe ab-hängig. Dies möchte ich nochmals ausdrücklich an dieser Stelle betonen. Die Zeit drängt. Wir wissen nicht wie lange wir uns noch versteckt halten können. Überall lauern Spitzel oder geldgierige Kopfgeldjäger. Deshalb müssen wir bald unser Vorhaben in die Tat umsetzen.

Das Vorhaben, worum es letztendlich geht, ist die Zentra-le des S.A.-Medienkonzerns zu besetzen. Meine Kollegen und ich wollen auf diese Weise die Öffentlichkeit wachrüt-teln, um das Geheimnis von Dulsberg zu lüften. Waffen für diese Aktion haben wir uns schon besorgt. Dieser Skandal einer Waffenproduktionsanlage unter Tage mitten in der Stadt muss schnellstmöglich aufgedeckt werden. Nur so kann sich etwas in unserer Gesellschaft ändern.

Ich hoffe, dass Sie Verständnis haben, dass ich Ihnen meinen Aufenthaltsort immer noch nicht verraten kann.

Dennoch hoffe ich, dass Sie mir und meinen Kollegen helfen. Bald werde ich mich wieder bei Ihnen melden. Meine Nachricht erfolgt als E-Mail, bevor wir unsere Aktivitäten starten. Der Code für das Übertragungsnetz ist bereits geknackt. Von Ihrer Entscheidung hängt viel ab. Die Zukunft liegt nun in Ihren Händen.

Gezeichnet Ihr Alfred Kemper

Nockermann hatte den Brief zu Ende gelesen. Auch Minuten später blieb er immer noch ratlos und wusste nicht, wie er agieren oder reagieren sollte. Dieser Brief wurde zunehmend zu einer psychischen und emotionalen Belastungsprobe. Denn der Verwaltungsapparat für den er arbeitete, gehört dem S.A.-Medienkonzern. Zusätzlich belastete ihn das Wissen, dass er bei seinem Arbeitgeber eine bestimmte Verpflichtung eingegangen war. Er leistete vor einigen Jahren eine Unterschrift, die ihn dazu verpflichtet, gewisse Regeln einzuhalten. Falls nicht, muss er mit einer strafrechtlichen Verfolgung rechnen, die eine langjährige Gefängnisstrafe bedeuten würde. Zu diesen Spielregeln gehörte, dass jeder Mitarbeiter sich mit seiner Unterschrift verpflichtet, jeden Schaden ohne jegliche moralische Bedenken von seinem Arbeitgeber abzuwenden hat und zwar rücksichtslos. Dafür bekam jeder Mitarbeiter des Unternehmens eine gute Altersvorsorge garantiert. Natürlich stand es so direkt nicht im Arbeitsvertrag, aber inhaltlich drückte es genau diesen Sinn aus. Seine Lebensgefährtin drängte ihn lange vor der Heirat zu dieser satanischen Unterschrift, weil sie das materielle Wohl gierig im Blickpunkt behielt. Mit Unbehagen unterschrieb er das Schriftstück. Dabei gewann er das Gefühl, einen Pakt mit dem Teufel geschlossen zu haben. Lange Zeit verdrängte er diese unmoralische Wirklichkeit und wurde zum angepassten Ja-Sager. Nun erfolgte eine Konfrontation mit dieser Realität, was ihm moralisch in eine emotionale Zwickmühle brachte.

Der S.A.-Medienkonzern verpflichtete für diese kniffligen Vertragsklauseln die besten Anwälte des Landes, um sich rechtlich bestmöglich abzusichern. Bevor ein Arbeitsvertrag als unterschriftsreif galt, wurden die neuen Mitarbeiter über die Bedeutung der speziellen Vertragsklauseln genauestens aufgeklärt. Nockermanns großes Ärgernis blieb immer die Tatsache, dass er sich in einem goldenen Käfig befand, für den er die materielle Sicherheit gegen seine moralischen Prinzipien eintauschte. Dadurch bestand ein Abhängigkeitsverhältnis aus dem er sich, wenn überhaupt, nur schwer befreien konnte. Eine annehmbare Begründung für seine damalige Entscheidung war immer gewesen, dass er eine Familie mit zwei Kindern versorgen musste, die gewisse Ansprüche an ihn stellten, die in Richtung Luxus tendierten. Ist dieser Grund tatsächlich noch ausreichend, um das menschliche Gewissen weiterhin über Bord zu werfen?

Nockermanns Leben wurde jetzt massiv und unnachgiebig durcheinandergewirbelt. Das Sicherheitsdenken und das Verantwortungsbewusstsein gegenüber der Familie, was zuvor sein Leben entscheidend bestimmte, bekamen gewaltige und unübersehbare Risse. Es wurde ihm schmerzlich immer bewusster, dass er bisher einen sehr hohen Preis bezahlte, um finanziell für das Wohlergehen seiner Familie zu sorgen. Wahre Sicherheit gab es eben doch nicht. Eine bittere Realität, der er sich nun wohl endgültig stellen musste. Darüber hinaus drang sehr tief in sein Bewusstsein, dass er sich selbst in Gefahr begeben würde, wenn er den Schreiber des Briefes hilft. Die Todesstrafe konnte hierbei zumindest nicht vollkommen ausgeschlossen werden, da er als Landesverräter angeklagt werden könnte. Dieser Gedanke löste bei ihm eine blanke Panik aus. Eine Todesangst entstand in seinem ohnehin überlasteten Kopf. „Was habe ich bloß getan? Schwebe ich jetzt in Lebensgefahr? Wie kann ich mich aus dieser gefährlichen Situation retten", fragte er sich immer wieder. Alles Gedanken, die ihm nicht mehr zur Ruhe kommen ließen.

Dennoch blieb die Entscheidung, die er treffen musste, auch eine Frage seines Gewissens. Viele Menschen konnten von seiner Entscheidung abhängig sein, wobei jetzt seine Zivilcourage gefragt blieb. Konnte er die nötige Zivilcourage aufbringen oder blieb sein Pflichtbewusstsein und seine Angst gegenüber seinen Arbeitgeber größer? Er spielte mit dem Gedanken, einen Artikel über die im Brief beschriebenen Ereignisse für die aktuelle Ausgabe des Elbkuriers zu verfassen, um ein klares Zeichen zu setzen. Es wäre für ihn auch die Chance, sich aus dem goldenen Käfig zu befreien. Er könnte mit diesem Zeitungsartikel einen entscheidenden Einfluss ausüben, der zu großen gesellschaftlichen Veränderungen führen könnte. Vielleicht war es sogar die Möglichkeit, über sich selbst hinauszuwachsen.

Er blieb jedoch verwundert, warum wohl dieser Brief ungeöffnet in seinem Büro auf dem Schreibtisch lag. Dann erinnerte er sich an das unangenehme Gespräch mit Lose in seinem Büro. Die fast schlampige Kontrolle von Lose war zumindest als ungewöhnlich einzustufen. Denn normalerweise wurden die Mitarbeiter des S.A.-Medienkonzerns stärker kontrolliert. Alles schien für ihn unbegreiflich und erschwerte seine Entscheidungsfindung erheblich. Er misstraute dem Vorfall. Warum fand er den Brief nicht früher auf seinem Schreibtisch? Bei all diesen Fragen bekam er mehr und mehr das Gefühl, wahnsinnig zu werden. Durchdrehen wollte er aber in dieser Situation nicht. Ruhe bewahren konnte hier nur die einzig richtige Lösung sein. Der negative Gedankenfluss mit all seinen Angstgefühlen ließ sich aber nicht mehr stoppen.

Erstaunlich für ihn blieb auch die Tatsache, dass der Schreiber des Briefes sich ausgerechnet ihn als Ansprechpartner aussuchte. Woher kannte der Schreiber seinen Namen? Eine Frage, die ihn schon zu Beginn des Briefes beschäftigte. Immer noch gab es keine logische Erklärung für Nockermann. Für ihn war der Brief mysteriös, ein ungeklärtes Rätsel. Der Brief konnte aber auch ein Wink des Schicksals für ihn sein, der ihm die Gelegenheit verschaffte, endlich die notwendigen Veränderungen seines verkorksten Lebens vorzunehmen.

Er ging unruhig in seinem Büro auf und ab und versuchte eine Entscheidung zu treffen. Dabei durchlebte er ein Wechselbad der Gefühle. Die Angst, die er innerlich verspürte, konnte er nicht mehr ausschalten. Verlor er die Kontrolle über sich selbst? Viele offene Fragen beschäftigten immer stärker seine Gedanken. War dieser Brief möglicherweise doch eine Falle? Wurde in Wahrheit seine Treue zum Arbeitgeber oder sogar zur Regierung getestet? Eine Lösung schien für ihn nicht in Sichtweite. Warum lag der Brief ausgerechnet an seinem Arbeitsplatz? Denn er galt im Prinzip nur als ein kleines Licht im S.A.-Medienkonzern, eigentlich war er sogar nahezu unbedeutend.

Nun war aber seine Rolle im Geschehen nicht mehr belanglos. Denn von seiner Entscheidung war der weitere Verlauf dieser Geschichte abhängig. Und für diese Entscheidung verfügte er nicht mehr über viel Zeit. Schließlich sollte in zwei Stunden die neueste Ausgabe des Elbkuriers in Druck gehen. Egal, welche Entscheidung er dabei treffen würde, es wäre in jedem Fall ein Risiko. Dieser Gedanke wurde für ihn zur unerträglichen Qual. Die nervliche Anspannung stieg. Warum passierte dies ausgerechnet ihm?

Die Frage blieb letztlich solange unbeantwortet, bis er eine Entscheidung treffen würde. Wann dies allerdings tatsächlich passiert, ist noch ungewiss.

ENDE?

Der mysteriöse Brief

Hamburg, 17.12.2000

Hallo Reinhard!

Herzlichen Glückwunsch zu deinem Geburtstag. Ich hoffe, dass dich der Geburtstagsgruß nicht vor dem 19.12.2000 erreicht hat. Denn sonst hättest du eigentlich nicht mit dem Lesen dieses Briefes beginnen dürfen, da man bekanntlich nicht vorzeitig zum Erdenjubiläum gratuliert. Solltest du doch vorzeitig mit dem Lesen begonnen haben, dann ist leider schon alles zu spät.

In solchen Situationen kann ich nur für dich hoffen, dass dir jetzt nicht auch noch eine schwarze Katze von links durch eine Leiter läuft oder dass dir in der Aufregung und im Eifer des Gefechtes der Salzstreuer in der Küche, der zufällig rechts neben den Teller steht, umkippt. Dies würde deine Lage, sollte es tatsächlich so eintreffen, erheblich verschlimmern. Denn das Unglück kennt in solchen hochdramatischen Augenblicken kein Pardon.

Daher möchte ich bewusst an dieser Stelle diese Gedanken nicht weiter vertiefen, um dich nicht auch noch zusätzlich zu beunruhigen, da du bekanntermaßen ein schwaches Herz hast. Um bei dir keine gefährliche Panikattacke zu provozieren, beende ich mit diesen abschließenden Worten vorsorglich den Brief.

Gruß von einem Freund, der es gut mit dir meint.

Zeitungsartikel

Der Rentner Reinhard K. (69 J.) verstarb unter mysteriösen Umständen am 18.12.2000 in seiner Wohnung in Hamburg-Altona. Eine Nachbarin fand den Toten in seiner Küche auf dem Fußboden liegend vor. Neben der Leiche fand
sich ein Brief, der der Polizei einige Rätsel aufgibt. Der Absender ist unbekannt.

Bekannt wurde nur, dass Reinhard K. als extrem abergläubisch galt. Gibt es möglicherweise einen Zusammenhang? Schwer zu sagen. Mord ist zumindest nicht völlig ausgeschlossen. Und das Mordmotiv? Eventuell eine lohnende
Erbschaft? Hinweise deuten in jedem Fall darauf hin. Jedoch
die Polizei schweigt trotz hartnäckigen journalistischen
Nachfragens aus ermittlungstaktischen Gründen.

Das Modekomplott

Wir schreiben bereits das Jahr 2139. Die Welt hält dem Atem an, und der gesellschaftliche Stillstand droht zunehmend mit seinem eigenen bitterbösen Ende. Der Raubbau an unserer Natur schreitet in immer schnelleren Schritten voran und zwar ohne Rücksicht auf Verluste. Dadurch zerstören wir kontinuierlich selbst unsere Lebensgrundlage und zwar Stück für Stück. Die Vorboten der Selbstzerstörung sind nun eigentlich klar für jedermann oder auch jederfrau sichtbar, sodass von niemandem diese Realität mehr geleugnet werden kann. Dennoch löste die konfliktreiche Lage mittlerweile eine weltweite Modepandemie mit schwerwiegenden und gravierenden Folgen aus, weil sich lange Zeit die Politik nicht wirklich zuständig fühlte, etwas dagegen unternehmen zu müssen. Denn maßloses und nahezu grenzenloses Profitstreben stand bisher stets im Vordergrund des Geschehens. Unsere „grüne Lunge" am Amazonas ist mittlerweile massiv durch rücksichtsloses Abholzen in ihrer Existenz bedroht. Sie verfügt kaum noch über genügend Luft zum Atmen. Unsere Flüsse trocken zunehmend aus, sodass unsere Trinkwasserversorgung stark gefährdet ist. Die Modeviren mutieren in einem erschreckend rasanten Tempo, sodass immer mehr Varianten des Virus in der Öffentlichkeit auftreten, insbesondere hervorgerufen durch die skrupellose und machtgierige Werbung. Es führte zu unkontrollierbaren Infektionsketten und somit auch zur kollabierenden Überlastung des Gesundheitssystems. Massengräber entstanden, die unseren Planeten in Schockstarre versetzte, ausgelöst durch beispielsweise krankhaften Kaufzwang und extrem ausgeprägten Egoismus, der damit in Zusammenhang steht.

Das aktuelle bürgerliche Regierungsbündnis in Deutschland gesteht jetzt endlich Fehler der jüngsten Vergangenheit ein und versucht wieder die Kontrolle über die Situation herzustellen, was ihr aber nicht wirklich gelingt. Die Persönlichkeitsrechte der Bürger wurden aus diesem Grund gewaltig eingeschränkt, was verständlicherweise zu einem großen Unmut in der Bevölkerung führte. Daher fingen sogenannte Wutbürger an, sich zunehmend zu radikalisieren, was schamlos von gewissen dubiosen politischen Strömungen ausgenutzt wird, um mehr Machteinfluss zu erlangen. Dazu an anderer Stelle mehr.

Teilweise mit diktatorischen Mitteln werden die sogenannten Schutzmaßnahmen gegen die Pandemie durchgesetzt, weil die Politik sich einfach nicht anders zu helfen weiß. Dabei ist zum Teil nicht einmal erwiesen, dass diese eingesetzten Instrumente tatsächlich wirken, um die Krise bewältigen zu können. Handelt es sich hierbei nur um Symbolpolitik? Ist dies sogar Ausdruck politischer Unfähigkeit? Muss möglicherweise bejaht werden.

Das Grundgesetz, unsere deutsche Verfassung, das über Jahrhunderte unsere Grundrechte zuvor gut regelte, verlor dabei zunehmend in besorgniserregender Weise an Bedeutung. In diesem Zusammenhang zeichnete sich fast unbemerkt eine erschreckende Entwicklung in Richtung poltischer Einseitigkeit ab, um es einmal diplomatisch auszudrücken. Gleichzeitig verstrickt sich der Staat in Widersprüche, da sie es sich mit der Wirtschaft nicht total verscherzen will. Stichwort: Korruption. Sind es schon Anzeichen eines neuen Regimes? Verselbständigt sich die Situation? Gerät alles außer Kontrolle? Letztlich ist nichts mehr unmöglich.

Einige Impfstoffe, die kurzfristig überraschend auf dem Markt kamen, bringen neue Hoffnung für eine bessere Zukunft. Vielleicht sogar das baldige Ende der Pandemie? Eine Rückkehr in die sogenannte Normalität? Jedoch Teile der Wirtschaft verfolgen ihre eigenen Ziele und sabotieren die Impfkampagne. Im Hintergrund werden schon kräftig die Fäden gezogen. Ein brutaler Machtkampf zwischen zwei diktatorischen Systemen ist bereits im vollen Gange.

Oscar Wilde pflegte über die Mode zu sagen: „Vom künstlerischen Standpunkt aus gesehen ist Mode eine Form der Hässlichkeit, die wir alle sechs Monate ändern müssen". Daher stellt sich in diesem Kontext auch die Frage: „Warum beschäftigen wir uns überhaupt mit der Mode"? Vielleicht liegt es daran, dass die Mode einen erheblichen Einfluss auf unseren Alltag ausübt. Manchmal mehr als uns wirklich bewusst ist. Es hat sogar Auswirkung auf unsere politische Landschaft, die sich immer stärker und radikaler in entgegengesetzten Richtungen verändert. Ein Evolutionsprozess in Zeitraffer wurde freigesetzt, den eventuell niemand mehr stoppen kann. Sie glauben mir nicht? Halten mich jetzt möglicherweise für einen total durchgedrehten Spinner? Lesen Sie erst meine Geschichte zu Ende, ehe Sie ein Urteil über mich abgeben! So viel Fairness muss hier einfach sein. Jeder verdient die Chance, seine Standpunkte darzulegen und mit Fakten zu untermauern. Es gehört zum Handwerkzeug meines Berufsstandes.

Übrigens habe ich vergessen, mich Ihnen vorzustellen. Gedanklich bin ich, wie es meine typische Art ist, sofort arbeitswütig und ehrgeizig in das Thema meines Artikels eingestiegen, was mich gerade aktuell beruflich besonders beschäftigt, ohne dabei meinen Namen zu nennen. Hoffentlich können Sie mir meine ungebührliche Unhöflichkeit und meine schlechten Manieren verzeihen. Ich heiße Kurt Eschweiler und bin von Beruf journalistischer Schreiberling. Meine Tätigkeit als Reporter übe ich schon seit einigen Jahren mit großer Leidenschaft und überdurchschnittlichen Engagement aus. Mein Job ist quasi eine Berufung, vielleicht sogar ein Lebenselixier, um überhaupt noch einen Sinn in meinem jetzigen Dasein zu erkennen. Seit genau sechs Jahren feiere ich schon meinen 30. Geburtstag. Und das verflixte siebte Jahr wird für mich voraussichtlich genauso ablaufen. Eventuell mit einer attraktiven Blondine in meiner bescheidenen, aber gemütlichen Single-Bude, wer weiß.

Zugegebenermaßen befinde ich mich meist im Fegefeuer der Eitelkeiten. Es ist eben schwer, sich diesen dubiosen, fast teuflischen Einflüssen seiner Umwelt zu entziehen. Kaum jemand schafft es, davon wirklich frei zu sein. In diesem Punkt halte ich absolute Selbstehrlichkeit für angebracht, vielleicht sogar für überlebensnotwendig. Es ist mein persönliches Markenzeichen, auch wenn ich nicht krankhaft jedem bescheuerten oder idiotischen Modetrend hinterherlaufe. Von diesem fatalen Virus habe ich mich bisher zum Glück noch nicht anstecken lassen. Dagegen bin ich Gottseidank bereits doppelt geimpft. Anfänglich zögerte ich mit der Impfung, weil das Vakzin bereits nach sehr kurzer Zeit auf dem Markt kam und eine neue Form des Wirkstoffes beinhaltet. Verständlicherweise lösten bei mir diese Faktenlage gewisse Ängste aus, die ich nicht aus meinem Bewusstsein völlig verdrängen konnte. Normalerweise braucht man mehrere Jahre, manchmal sogar ein Jahrzehnt für die Erforschung so eines medizinischen Wundermittels. Hier kam es bereits schon nach einigen Monaten auf dem Markt, was ein gewisses Misstrauen bei mir auslöste. Daher machte ich mir meine Entscheidung auch nicht leicht. Nun bin ich doch heilfroh, es gemacht zu haben. Denn die Folgen einer Infektion sind fatal, wenn nicht sogar tödlich. Anerkannte Virologen raten mittlerweile zu einer baldigen Auffrischungsimpfung. „Sicher ist sicher", meinen die Experten, die in letzter Zeit immer häufiger, fast penetrant in den Medien auftreten. Möglicherweise ein Indiz dafür, dass der Impfstoff noch nicht vollständig ausgereift ist? Können wir zumindest nicht völlig ausschließen.

Bezüglich einer weiteren Impfdosis bin ich offen gesagt noch hin- und hergerissen. Denn Kritiker meinen, dass die Impfung bereits ein eigener Modetrend geworden ist. Ist irgendetwas dran an dieser provokanten Aussage? Meine Neugier zwang mich, diesen Tatbestand zu überprüfen. Schnell stellte ich fest, dass die Virologen wie Popstars verehrt und gefeiert werden. Wenn sie in den zahlreichen Talkshows auftreten, sind die Einschaltquoten nachweislich sehr hoch. Die krankhafte Geltungssucht dieser Akteure befindet sich auf einem erschreckend hohen Niveau, was ich offen gesagt als widerlich und geradezu ekelerregend empfinde. Einer von ihnen tritt auffällig häufig in den Medien auf. Sein Name ist Professor Konrad Lautermann. Sein Name ist quasi Programm. Lautstark und unüberhörbar fordert er regelmäßig die härtesten Maßnahmen, um die Menschen zum Impfen zu zwingen. Er polarisiert und spaltet die Gesellschaft mit seinen hochgiftigen und massiv ansteckenden Äußerungen. Dabei betreibt er eine Hetze gegen die Impfgegner, was mich mehr ängstigt als das Virus selbst, obwohl ich grundsätzlich für das Impfen bin. Ständig erfolgt ein Aufruf des „mediengeilen" Mannes: „Lassen Sie es nicht zu, dass wir weiterhin eine Pandemie der Ungeimpften haben! Machen Sie ihren nichtgeimpften Familienangehörigen, Freunden und Nachbarn klar, dass sie sich dringend impfen lassen müssen! Ansonsten drohen dauerhafte gesellschaftliche Einschnitte, die eigentlich keiner wirklich will, da sonst das Gesundheitssystem überlastet sein wird". Zuletzt kamen sogar verstärkt Äußerungen wie beispielsweise „Die Impfpflicht wird aufgrund mangelnder Solidarität einiger radikaler Kräfte in unserem Land leider unumgänglich. Nur das Impfen ist der Weg raus aus der Pandemie". Zwischenzeitlich wird er offiziell als Propagandaminister für das Modevirus gehandelt. Es ist ein Ministerium, das extra für ihn geschaffen werden soll. Vermutlich werden im Hintergrund schon die Fäden gezogen, um für den Provokateur den Anzug der Macht maßzuschneidern. Alles läuft nach dem Motto: „Kleider machen Leute".

Aufgrund der kritischen Lage ist auch eine Kabinettsumbildung im Gespräch, um weiterhin politische Handlungsfähigkeit zu demonstrieren. Versucht man Lautermann auf diese Weise zu bändigen, damit die Situation nicht völlig außer Kontrolle gerät? Oder soll er die Stimmung gegen die Impfgegner noch mehr anheizen? Schwer einzuschätzen.

Vor kurzem sollen seine politischen Gegner seine Entführung geplant haben, heißt es zumindest aus Medienkreisen. Wie groß der Wahrheitsgehalt tatsächlich ist, bleibt vorerst im Dunkeln. Manche gehen davon aus, dass es hierbei um eine raffiniert ausgetüftelte PR-Aktion der Regierung handelt. Wahrscheinlich soll auf diesem Wege die Beliebtheit des umstrittenen Politikers gesteigert werden. Ausschließen tue ich diese Option zumindest nicht. Denn dieser Regierung traue ich mittlerweile ehrlich gesagt alles zu. Teilweise wird der selbsternannte Gesundheitsexperte sogar schon als eine Art Held gefeiert beziehungsweise glorifiziert. Die Skrupellosigkeit wird in diesem Zusammenhang bis ins Unendliche, wenn nicht sogar ins Unerträgliche gesteigert. Im Interview äußerte der Politiker in heroischer Manier: „Die geplante Entführung wird mich nicht von meiner Arbeit abhalten. Ich werde weitermachen wie bisher". Offensichtlich zeigte diese Marketingaktion zweifelsfrei seine Wirkung. Die Beliebtheit des selbsternannten Volksvertreters stieg immens.

Den Werdegang von Lautermann und seiner Karriere werde ich in jedem Fall weiter im Auge behalten. Die gesellschaftspolitische Entwicklung scheint immer unberechenbarer zu werden. Das Regierungskarussell wird sich wohl bald in eine Richtung drehen, die vielen Bürgern sehr wahrscheinlich missfallen werden. Gibt es in so einen Fall ein Erwachen in der Bevölkerung? Welche Konsequenzen folgen daraus? Das Leben erreicht eine unberechenbare Ausmaße, die wir immer weniger kontrollieren können.

Vor dem Ausbruch der Modepandemie interessierte sich kein Mensch für diese absonderlichen Wissenschaftler und Forscher, die in ihren Labors ihre eher merkwürdigen Experimente durchführten, zumindest wurde es zuvor so von der Mehrheit der Bevölkerung wahrgenommen. Ein zeitbegrenztes Phänomen wie die Mode selbst? Schwer zu sagen. Immerhin beherrschen sie zurzeit ein ausgezeichnetes Marketing, was ich wohl oder übel neidlos anerkennen muss. Selbst der überwiegende Teil der Politiker und der Medienvertretern zweifeln nicht an ihren neuartigen Impfprodukten.

Bisher bemerkte ich keine gefährlichen Nebenwirkungen der Impfung, die für mich besonders besorgniserregend sein könnten. Gesundheitlich bin ich Gottseidank weiterhin topfit. Nur leichte Ermüdungserscheinungen kurz nach der Verabreichung des Vakzins und leichte Schmerzen in der Einstichstelle. Nach drei Tagen konnte ich beruflich wieder voll aktiv werden. In dieser Hinsicht gibt es von meiner Seite nichts zu bestanden. Allerdings andere Kollegen kämpften hingegen schon mit heftigen Impfreaktionen. Schüttelfrost, Fieber, Übelkeit und heftige Gliederschmerzen, nur um einige davon zu nennen. Vereinzelnd gab es auch Todesfälle, die verdächtig von den Medien kleingeredet wurden. Sind die Medien daher von Staat kontrolliert? Davon gehe ich mittlerweile aus. Ich kann die große Skepsis, die es in Bezug auf die Impfung noch in weiten Teilen der Bevölkerung gibt, durchaus nachvollziehen.

Mögliche positive Wirkung des Vakzins? Meine Eitelkeit konzentriert sich vielmehr auf ein gepflegtes Äußeres und nicht so sehr um bestimmte Produkte unbedingt haben zu müssen. Mein Erscheinungsbild ist in diesem Zusammenhang völlig unabhängig vom diktierten Zeitgeschmack unserer Gesellschaft, zumindest noch. Somit erzielten meine bisherigen Schutzmaßnahmen den gewünschten Effekt, mir nicht unnötig von der Wirtschaft das Geld aus der Tasche ziehen zu lassen. Vielleicht liegt darin das Geheimnis meines Erfolges. Steige ich als Underdog bald die Karriereleiter nach oben? Ich muss abwarten, wie es weiterentwickelt. Nur ungern lasse ich mir diktieren, was ich heute oder morgen anziehe. Ein gutes Zeichen? Ist das Vakzin tatsächlich wirksam gegen das Modevirus oder ist es eher nur ein politisch nützliches Placebo? Der Druck auf die Nicht-Geimpften wird stetig seitens des Staates massiv exponentiell erhöht. Jeder, der sich dauerhaft gegen das Impfen stellt, muss früher oder später mit strafrechtlicher Verfolgung rechnen. Zusätzlich wird den Betroffenen gedroht, dass sie in Falle einer Ansteckung mit dem Modevirus nicht mehr medizinisch versorgt werden beziehungsweise es aus eigener Tasche bezahlen müssen, was sich aber kaum jemand auf Dauer finanziell erlauben kann. Zwangsimpfung ist leider ebenfalls nicht mehr ausgeschlossen, wie es bereits Lautermann, der noch kein offizielles Amt bekleidet, mehrfach angekündigt und gefordert hat. Natürlich wird öffentlich in diesem Zusammenhang nicht von Zwang, sondern von Pflicht gesprochen, weil es sich einfach netter anhört. Ändert aber die Wortwahl des Werbetextes etwas am Inhalt der Aussage? Es wird immer häufiger in den Medien darüber heiß und innig diskutiert. Der politische Ton gewinnt zunehmend an bedenkliche und unerträgliche Schärfe. Gehirnmanipulation, die regelmäßig durch die Flimmerkiste vorgenommen wird. Kaum zu ertragen und einfach nur nervig. Gesellschaftliche Ausgrenzung der Nicht-Geimpften gehört immer mehr zur bitteren Alltagsrealität. Mittlerweile richtet sie sich sogar gegen Kinder und Jugendliche. Eine moderne Form des Rassismus? Fast schon ein Zustand einer neuen gesellschaftlichen Normalität? Erschreckend, aber leider wahr. Ich bin zwar kein Betroffener dieser Politik, weil ich geimpft bin, aber ich verabscheue trotzdem diese gewissenlose Herangehensweise. Sie ist meines Erachtens als absolut menschenverachtend und diskriminierend einzustufen. Vielleicht sogar schlimmer als das besagte Virus, weil die seelischen Schäden gravierend sind, die durch die harten Maßnahmen verursacht werden. Natürlich darf man das Modevirus nicht unterschätzen. Tue ich auch nicht. Trotzdem sehe ich viele Maßnahmen des Staates sehr kritisch.

Eine Vielzahl der schrecklichen Bilder wurde uns schon seit fast anderthalb Jahren von den Intensivstationen durch die Medien präsentiert. Besonders schlimme Symptome des Virus sind ein krankhafter Kaufzwang, den man um jeden Preis befriedigen muss und ein extremer Arbeitseifer, um den Kaufrausch finanzieren zu können. Es führt zum Stress, Atemnot, Panikattacken und kann im schlimmsten Fall Herzstillstand mit Todesfolge bedeuten. Daher bin ich nicht wirklich scharf darauf, dieses bösartige und abscheuliche

Virus in mir zu haben. Es ist wie eine gefährliche Drogensucht, die unbedingt bekämpft werden muss. Die gesellschaftlichen Folgen wären fatal für die ganze Menschheit, wenn nichts dagegen unternommen wird. Dennoch müssen die ergriffenen Maßnahmen verhältnismäßig und angemessen sein, damit sie die Bürger auch akzeptieren und umsetzen können.

Durch den extremen Konsumrausch muss unsere Umwelt zweifelsfrei leiden. Warum? Es führt zu einer wirtschaftlichen Überproduktion, und die Natur muss vor unserer krankhaften Raffgier immer weiter zurückweichen. Wir nehmen uns dadurch im wahrsten Sinne des Wortes mehr und mehr die Luft zum Atem. Eine weltweite Pandemie, wie wir sie jetzt erleben, ist leider die logische und folgerichtige Konsequenz. Das Problem wurde lange Zeit sträflich unterschätzt und konsequent ignoriert. Darüber hinaus wollte keiner wirklich auf dieses materielle Wohlstandsgefühl, was der regelmäßige Konsumrausch zweifelsfrei bei uns Menschen auslöst, verzichten. Es wurde eine Illusion des Glücks geschaffen, welches allerdings nur von kurzer Dauer blieb. Selbstverständlich versucht man aus purer Profitgier seitens der Wirtschaft neue Bedürfnisse bei den Konsumenten zu wecken. Die große Masse ist dafür empfänglich, weil sie dieses künstlich erzeugte Glücksgefühl gerne erhalten möchten. Somit werden emotionale Abhängigkeitsverhältnisse geschaffen, durchaus vergleichbar mit der Drogensucht. Kaum jemand beschwerte sich darüber. Der Mehrheit schien es zumindest äußerlich gut zu gehen. Daher hieß in der Vergangenheit das Motto immer: „Weiter so". Es gab jahrelang eine Politik der beängstigenden Stagnation, um den Klimawandel in den Griff zu bekommen. Kann sie schon als Vorstufe der Pandemie gesehen werden? Tatsache ist in jedem Fall, die Realität können wir jetzt definitiv nicht mehr leugnen. Jedoch sind die geplanten harten Maßnahmen des Staates der richtige Weg, um aus dieser Krise herauszukommen? Oder sind sie eher als kontraproduktiv zu bewerten? Fast entsteht der Eindruck, dass eine neue Form der Diktatur entsteht. Es könnte aber auch die pure Verzweiflung sein, weil sie das Modevirus nicht wirklich unter Kontrolle bekommen. Beides wäre eine bedrohliche Entwicklung für unsere Gesellschaft.

Nun wieder zurück zu meiner Person. Oftmals arbeite ich in meinem Job undercover, was im Klartext bedeutet, dass ich gelegentlich auch unter einem anderen Namen auftrete oder Verkleidungen benutze, um meine Recherchen möglichst störungsfrei betreiben zu können. Meine Identität wechsele ich wie andere ihre Unterhosen. Zwar frisst mich meine Arbeit buchstäblich auf, aber ich kann trotzdem nicht ohne sie existieren. Ich glaube, es ist eine bedingungslose, fast selbstlose Liebe. Für eine andere Liebe ist zurzeit kein Platz in meinem Leben. Zwar heißt mein Lebensmotto: „Sag niemals nie!" Jedoch die aktuellen Lebensumstände und die agentenähnlichen Einsätze sprechen eher dagegen. Es reicht bestenfalls für einen One-Night-Stand mit einer attraktiven Frau. Mein Terminkalender lässt mir hier augenblicklich keinen sonstigen Spielraum, so leid es mir für die Damenwelt auch tut. Sind es schon die ersten Symptome des Modevirus? Muss ich mich demnächst zur Sicherheit testen lassen? Noch sind die Tests kostenlos. Eine Chance, die ich nutzen sollte? Wer weiß? Hinterher ärgere ich mich, wenn ich es nicht tun würde. Denn die Politik verkündet bereits, dass die Staatskasse überlastet ist. Eine baldige Rückkehr zur sogenannten Schuldenbremse? Aus meiner Sicht ein Indiz für meine These, dass die Tests demnächst kostenpflichtig werden. Wir müssen uns wohlmöglich in absehbarer Zeit die Freiheit beim Staat erkaufen. Vermutlich wird uns Bürgern demnächst mit eiskaltem Kalkül systematisch das Geld aus der Tasche gezogen.

Emotionale Abstumpfungserscheinungen könnten durchaus ein Hinweis darauf sein, dass ich eventuell doch infiziert bin. Dabei bin ich doppelt geimpft. Ist der Impfstoff in Wahrheit, wie von einigen Kritikern behauptet, doch nur ein geldbringendes Placebo? Eine Frage, die sich mir immer wieder aufs Neue aufdrängt und nicht mehr aus meinen Kopf verschwindet. Ich muss die Symptome in jedem Fall im Auge behalten. Einige Wissenschaftler meinen, dass man sich trotz Impfung anstecken kann. Allerdings ist aber nur mit milden Krankheitsverläufen zu rechnen. Darauf hoffe ich zumindest. Genau wissen tue ich es aber erst, wenn es soweit ist.

Ich bin quasi nur mit meinen Beruf verheiratet. Diesbezüglich ist für mich eine Scheidung völlig ausgeschlossen. *„Scheidung auf Italienisch"* wäre hierbei scheinbar die einzige Alternative, um aus der Nummer herauszukommen. Und diese endet bekanntlich immer tödlich, wie das tückische Modevirus im schlimmsten Fall. Daher bin ich verständlicherweise absolut beziehungstreu. Und Bigamie ist für mich nicht vorstellbar und lässt sich auch nicht mit meinen jetzigen Lebensvorstellungen vereinbaren. Dies ist der Grund, warum ich nie ernsthaft in die Venusfalle getappt bin, so verführerisch es zugegebenermaßen häufig auch für mich war. Nicht umsonst heißt es: *„Und ewig lockt das Weib".*

Spaß beiseite! Eine Frau an meiner Seite würde auf Dauer den Kürzeren ziehen. So etwas wäre ihr gegenüber weder fair noch gerecht. Soviel Offenheit und Klarheit muss an dieser Stelle meiner Aufzeichnungen sein. Außerdem ziehe ich sehr häufig berufsbedingt um. Dabei ist ein extrem hoher Grad der Flexibilität gefordert. Welche Frau wäre davon ehrlich gesagt auf Dauer begeistert? Eine Frage, die sich fast von selbst beantwortet. Denn so eine Person habe ich ehrlich gesagt noch nicht kennengelernt. Vermutlich werde ich dies auch nicht tun. Bedingt durch diesen Umstand verfüge ich nicht über eine vernünftige Wohnungseinrichtung. Mein Privatbesitz besteht meist nur aus einer Matratze, mehreren Koffern und sogenannten „Jaffa"-Möbeln, die seit meiner damaligen Studienzeit bei mir noch voll im Trend sind. Ich gehe lieber jeder Beziehung aus dem Weg und konzentriere mich voll auf meine Arbeit. Es erspart unnötige Komplikationen in Form von Beziehungsstress. Mehr ist bezüglich meiner Person vorläufig nicht von Belang. Es ist ohnehin schon viel zu viel über mich erzählt worden.

Meinen jetzigen Aufenthaltsort muss ich aus beruflichen Gründen zumindest vorerst geheim halten. Es könnte sonst hinderlich und obendrein auch unheilvoll für meine Arbeit sein. Dafür bitte ich den Leser meiner Geschichte um Verständnis und Entgegenkommen. Zurzeit betreibe ich, wie jeder bereits festgestellt hat, eine hinreichende Recherche über das Phänomen Mode mit all seinen globalen Auswirkungen. Daher wählte ich das Oscar-Wilde-Zitat als Einleitung zum Thema. Ich mag solche Zitate und baue sie gerne als Stilmittel in meine Texte ein. Ich hoffe, dass ich niemanden dadurch verwirre oder irritiere. Sollte es doch der Fall sein, bitte ich an dieser Stelle aufrichtig um Entschuldigung. Es lag bestimmt nicht in meiner Absicht. Bei meinen Undercover-Einsätzen bin ich einem geheimen Komplott auf die Spur gekommen. Zwar weiß ich nicht, wohin mich die rätselhafte Spur tatsächlich führen wird, aber genau dies weckt meine berufliche/journalistische Neugier. Zu Beginn meiner Arbeit ergeben sich etliche Fragen, die für mich unausweichlich werden. Was gibt es über die Mode Konkretes zu sagen? Welche gesellschaftsrelevante Bedeutung hat sie bei uns Menschen in der Geschichte erlangt? Welche fatalen Auswirkungen in Hinblick mit der Modepandemie sind noch zu befürchten? Immer schneller mutiert das schreckliche und widerliche Virus. Die Wissenschaftler können dieser Entwicklung kaum noch folgen. Es setzte ein Dynamisierungsprozess ein, der kaum noch zu bändigen ist. Die heutigen Forschungsergebnisse können daher morgen schon wieder komplett überholt sein. Die Situation wird daher immer prekärer.

Jedoch möchte ich im Gegensatz zu manchen Hardlinern unbedingt eine Panikrhetorik in diesem Kontext vermeiden, weil es eher zur Destabilisierung der aktuellen Lage beiträgt. Die Menschen reagieren nach meiner bisherigen Erfahrung sehr aggressiv bei Hiobs-Botschaften, die damit im Zusammenhang stehen. Es führt zu kriegsähnlichen Zuständen, die mich mehr und mehr ängstigen. Schmerzliche Erfahrungen musste ich schon mehrfach im öffentlichen Raum über mich ergehen lassen. Grundlos wurde ich aus heiterem Himmel lautstark angeschrien, weil ich mich angeblich nicht regierungskonform verhalte. Die Menschen verlieren absolut die emotionale Selbstkontrolle. Ihr Verstand verfügt in solchen Augenblicken über massive geistige und nervliche Aussetzer. Bei mir entstand oftmals ein Gefühl der Ohnmacht und der Fassungslosigkeit. Beinahe gewann ich bei einigen Exemplaren der Gattung Homo Sapiens sogar den Eindruck, dass sie jeden Moment total Amok laufen könnten und mich und andere am liebsten lynchen würden, nur weil sich jemand aus ihrer Sicht der Dinge nicht an die staatlich vorgegebenen Spielregeln hält. Eine hochexplosive Mischung der Panikrhetorik, die regelmäßig durch die Medien mit großer Aufdringlichkeit sensationslüstern transportiert wurde. In dieser Hinsicht muss ich meine beruflichen Kollegen scharf kritisieren. Sie verloren seit der Pandemie endgültig das nötige Augenmaß beziehungsweise das richtige Fingerspitzengefühl bei ihrer angeblich seriösen Berichterstattung. Darüber hinaus wurde auch aus meiner Sicht zu einseitig in einer bestimmte Richtung recherchiert, um es mal vorsichtig auszudrücken. Verantwortungsbewusstsein sieht meines Erachtens anders aus. Ist dies bereits die Vorstufe zu einer neuen Diktatur? Gab es möglicherweise Anweisung von ganz oben, wie zurzeit die Nachrichten zu sein haben? Oder ist es einfach nur ein vorauseilender Gehorsam?

Genug über meine Kollegen gelästert. Genauso möchte ich vorerst dieses Fragespiel nicht weiter fortsetzen. Aus meiner Sicht macht es auch keinen nennenswerten Sinn. Es führt wohlmöglich nur zu unnötiger Irritation zukünftiger Leser meines geplanten Artikels. Und genau dies möchte ich unbedingt vermeiden. Vielmehr bedingungslose Aufklärung ist hier mein anvisiertes und selbsterklärtes Ziel. Dies entspricht meiner Berufsethik. Gleichermaßen sehe ich die Verdrehung oder das Verschweigen von Fakten als Verletzung meiner Berufsehre an. Sie verfälschen nur die Realität und betreiben nur Augenwischerei. Stattdessen sollten die Menschen mit bestehenden Tatsachen beziehungsweise knallharten Fakten konfrontiert werden. Nur so kann sich eine Person ein objektives Urteil über das Phänomen Mode bilden. Zugegeben, ein schwieriges Unterfangen, aber dennoch wird jetzt dieser Versuch gestartet, und es bleibt abzuwarten, wie er gelingt.

Eingangs muss klar und deutlich erwähnt werden, dass Mode eine ansteckende Krankheit ist, die sich weltweit ausgebreitet hat. Sie existiert schon seit Jahrtausenden und hinterlässt heute wie gestern überall ihre unverwechselbaren Spuren, die sich weder leugnen noch ignorieren lassen. Das Gefährliche daran ist, dass sich viele Menschen ihrer Erkrankung nicht bewusst sind. Genau diese Tatsache führte zu einer weltweiten Pandemie, die außer Kontrolle geraten ist. Früher hielten sich die Ausbrüche der Krankheitssymptome einigermaßen in Grenzen, obwohl es damals noch keinen Impfstoff dagegen gab. Jedoch das Modevirus mutierte durch die stark zunehmenden menschlichen Eingriffe in die Natur in einem extrem rasanten Tempo, sodass es irgendwann zu aggressiven gesellschaftlichen Entwicklungen führte.

Das Übel wird zu einen ständig wiederkehrenden grausamen Schauspiel, ein erschreckendes Ritual, das sich von Jahr zu Jahr wiederholt. „Und ewig grüßt das Murmeltier", könnte dieses Grundprinzip mittlerweile heißen. Denn in bestimmten zeitlichen Intervallen treten erstaunlicherweise immer die gleichen Symptome auf. Es wird aus reiner Profitgier ein neuer Virus einer speziellen Mode, die sich aus jeder noch so undenkbaren und absurden Idee entwickeln kann, von selbsternannten Modeschöpfern in ihren Labors gezüchtet. Insider, die verständlicherweise aus Sicherheitsgründen namentlich nicht genannt werden wollen, berichteten mir in diesem Zusammenhang, dass riesige und einflussreiche Konzerne, die sich intensiv mit der Thematik Mode beschäftigen, gezielt und rücksichtslos die Gesellschaft manipulieren, um sie durch verhängnisvolle Abhängigkeitsverhältnisse zu versklaven. Die Mehrheit der Bevölkerung kann auf diesem Wege optimal ausgebeutet und kontrolliert werden. Daraus erfolgt die Konsequenz, dass viele Menschen Schritt für Schritt ihren freien Willen aufgeben und zwar ohne Gegenwehr. Das selbständige Denken des Gehirns wird auf diese Weise fast komplett eliminiert. Der Konsum wird immer stärker in den Vordergrund gestellt, und das Individuum verliert im Gegenzug seine ursprüngliche Identität. Dabei wird von den Verantwortlichen die Parole vorgegeben: **„Nur wer den aktuellen Modetrend folgt, kann mit der Anerkennung der Allgemeinheit rechnen. Nur solche erlangen tatsächlich eine Mitgliedschaft in der Gesellschaft".** Wer sich dem Virus widersetzt, droht die gesellschaftliche Ausgrenzung. Daher ist ohne Impfung eine Ansteckung auf längerer Sicht nahezu unausweichlich. Eine schwierige Situation für die Betroffenen, eine richtige Entscheidung zu treffen. Letztlich verfügt jeder von uns nur über die Wahl zwischen zwei Übeln. Einerseits die gefährliche Modediktatur, die früher oder später zwangsläufig zur Selbstzerstörung führen wird und andererseits die menschenverachtende Impfdiktatur, wo schrittweise unsere Persönlichkeitsrechte mehr und mehr eingeschränkt werden. Zwei radikale Gruppierungen entstanden, die sich mittlerweile bis aufs Blut brutal und rücksichtslos bekämpfen. Niemand weiß wie dieser gnadenlose Bürgerkrieg enden wird.

Bisher blieb die Impfung noch freiwillig, weil die etablierte Politik davon ausging, dass sich eine breite Mehrheit der Bevölkerung aus Angst vor der Ansteckung und deren schwerwiegenden Folgen für eine Impfung entscheiden wird. Nun wurde aus Gründen, die man sich nicht wirklich erklären kann, die Impfschnecke in Deutschland heimisch. Sind es alles radikale Impfgegner, die bisher noch kein Vakzin verabreicht bekamen? Oder liegt es vielmehr an der schlechtem Impfkampnage?

Beispielsweise wurde zu Beginn viel zu wenig Impfstoff eingekauft. Dadurch gab es wochenlang ein totales Chaos bei der Vergabe von Impfterminen. Verständlicherweise warfen viele Bürger entnervt und frustriert das Handtuch. Eine weitreichende Überforderung in unserer Gesellschaft entstand, die dazu führte, dass bei den Bürgern das Interesse an der Impfung verlorenging. Offiziell heißt es jetzt in diesem Zusammenhang vom Regierungssprecher über die Medien verbreitet: „Ich wasche meine Hände in Unschuld. Die Einkaufspolitik machte die EU". Die eigene Inkompetenz soll auf diesem Wege verschleiert werden, weil die Regierung versucht, sich verzweifelt an der Macht zu halten. Jedoch gelingt ihr dies auf Dauer tatsächlich? In jedem Fall hat die Glaubwürdigkeit der Politik stark gelitten. Entstand ein Teufelskreislauf, der jetzt schwer zu durchbrechen ist?

Zweifelsfrei ist ein brutaler Zweifrontenkrieg entbrannt, den wir als Bürger immer stärker ausgesetzt sind. Ich sitze quasi zwischen den Stühlen. Es ist schwierig, die eigene Mitte zu finden und sich richtig zu positionieren. Was ist wirklich richtig oder falsch? Gibt es überhaupt noch diese Unterscheidung? Allmählich verlieren wir den Überblick. Zunehmender Kontrollverlust der Handlung droht. Dadurch wächst die Angst in der Bevölkerung.

Seit einiger Zeit gibt es eine radikale Protestbewegung gegen das Impfen, die offensichtlich von irgendwelchen mächtigen Wirtschaftskonzernen finanziert wird. Sie nennen sich gerne **„Die Alternativen"** und mischen sich immer weiter in die Politik unseres Landes ein. Eine Alternative zur aktuellen Politik? Eher nicht. Teilweise zelebrieren sie sogar das Virus, was krankhafte Züge annimmt und eine widerliche Fratze offenbart. Bewusst verharmlosen sie die Modepandemie und ihre schwerwiegenden Folgen. Daher kritisieren sie die Schutzmaßnahmen der aktuellen Regierung sehr massiv, wenn nicht sogar aggressiv. Dabei verschweigen sie natürlich gegenüber der Bevölkerung, dass sie selbst von der bedrohlichen Modeseuche finanziell stark profitieren. Denn sie kassieren völlig legal Parteispenden und erhalten Aufsichtsratsposten in einflussreichen Unternehmen.

Die politische Bewegung verbreitet beispielsweise das Gerücht, dass uns durch die Impfung ein Überwachungschip in den Körper gespritzt wird, bleibt aber den Beweis dafür schuldig. Aus meiner Sicht ist diese Behauptung völlig absurd, weil die Kontrolle des Staates allein schon durch die zunehmende Digitalisierung erreicht wird. Das ist zweifelsfrei auch viel unauffälliger und geräuschärmer als eine medienwirksame Massenimpfung der Bevölkerung. Trotzdem gibt es erstaunlicherweise viele Menschen, die solche märchenhaften Geschichten tatsächlich glauben. Sind sie daher grundsätzlich alle dumm und naiv? So einfach lässt sich die Frage nicht beantworten. Einige Faktoren sind hierbei zu berücksichtigen. Viele von uns haben einfach nur Angst vor den Dingen, die sich nicht wirklich erklären lassen, vor allem wenn es sie unvorbereitet trifft. Es wird meist als drastische Bedrohung ihrer Existenz wahrgenommen. Aus diesem Grund ist es für sie wichtig, eine Antwort zu haben, die alles erklärt, um es irgendwie einordnen zu können. Dabei entsteht ein emotionaler Verarbeitungsprozess, der uns dazu verleitet, auch haltlose Verschwörungstheorien zu glauben, die keinen echten Realitätsbezug haben und keine sachbezogene Logik beinhaltet. Wir neigen oftmals dazu, die einfachen Lösungen als ultimative Wahrheit anzunehmen, weil wir schnellstmöglich in unsere alte Komfortzone zurückwollen. Eine Sehnsucht, die in uns allen verborgen ist. Diese Tatsache nutzen radikale Kräfte schamlos für ihre kriminellen Zwecke aus. Sie profitieren von der emotionalen Not der Menschen und zwar skrupellos. Ein Gewissen ist hier absolut Fehlanzeige und eigene Interessen stehen selbstverständlich in Vordergrund.

Diese politische Bewegung findet immer stärkeren Zulauf. Woran liegt es genau? Die staatlich ergriffenen Schutzmaßnahmen treffen weite Teile der Bevölkerung sehr hart und brutal. Bestimmte Geschäfte wurden zwangsgeschlossen, weil sie als sogenannte Pandemie-Treiber gelten und niemand verstand, warum es so ist. Grundbedürfnisse konnten teilweise nicht mehr vollständig abgedeckt werden. Psychische Störungen traten auf, die sogar zu hohen Selbstmordraten geführt haben. Diese Statistik wird aus gutem Grund vor der Öffentlichkeit geheim gehalten. Es könnte sonst ungewollt eine Revolution auslösen, wo niemand genau abschätzen kann, ob es eher positiv oder eher negativ für unsere Gesellschaft wäre. Viel würde davon abhängen, welche politischen Kräfte sich in so einen Fall am Ende durchsetzen würden.

Ein Großteil der Bürger vermisst seit sehr langer Zeit, dass sie sich beispielsweise regelmäßig in bestimmten Geschäften verabreden können, um gemeinsam das Shopping zu einem unvergesslichen Event zu machen. Die soziale Komponente, die daraus ursprünglich entstanden ist, darf niemand unterschätzen. Die ständigen mahnenden Worte von Konrad Lautermann mag daher kaum noch jemand hören. Seine Worte lauten stets: „Wir müssen die Maßnahmen weiter aufrecht erhalten, da es sonst zu einer Überlastung des Gesundheitssystem führt. Tausende Tote wären laut wissenschaftlicher Faktenlage, die mir vorliegt, sonst zu beklagen". Manchmal folgte noch gerne der Nachsatz: „Eventuell müssen wir sogar unsere Maßnahmen noch weiter verschärfen, um eine schlimmere Katerstrophe zu verhindern". Für bestimmte Personengruppen wurde er zu einer absoluten Hassfigur. Wie bereits erwähnt, sollte er entführt werden. Außerdem erhielt er vor kurzem sehr viele Morddrohungen. Es spitzt sich also weiter zu. Zumindest wurde es in den Medien so verkündet. Ich kann diese Abneigung durchaus nachvollziehen, obwohl ich normalerweise Gewalt, in welcher Form auch immer, grundsätzlich verabscheue. Mich nervt dieser „Panikrocker" mittlerweile auch mit seinen ständig warnenden Kommentaren. Wem nicht? Seine hohe Geltungssucht und sein überdurchschnittliches Mitteilungsbedürfnis sind einfach zum Kotzen. Und sein negatives Charisma empfinde ich als abstoßend und geradezu ekelerregend. Dabei bin ich eigentlich eher ein sehr toleranter Mensch. Allerdings hört sie hier für mich eindeutig auf, weil diese narzisstische Persönlichkeitsstörung gegenüber Andersdenkenden völlig intolerant ist. Nur seine Meinung hat absolute Gültigkeit und darf nicht angezweifelt werden. Wenn doch, muss wohl mit strafrechtlicher Verfolgung gerechnet werden. Sein einziger Lebensinhalt scheint hier tatsächlich das Virus zu sein. Erschreckend, was die Modepandemie aus uns Menschen im Laufe der Jahre gemacht hat.

Die seelische Lynchjustiz ist hier auch eine erschreckende Folge der **epidemischen Notlage von nationaler Tragweite**, wie die bürgerliche Regierung es gerne nennt. Geimpfte, die sich vom Modevirus nicht mehr anstecken lassen wollen, werden von der Jugendbewegung der Partei **„Die Alternativen"** als sogenannte *Outsider* beschimpft und verspottet. Diese Form der Demütigung bedeutet eine gesellschaftliche Ausgrenzung, die ich als sehr gefährlich und bösartig einstufe. Weite Teile der Wirtschaft haben zweifelsfrei und fast unbemerkt ihre Hände im Spiel. Für mich verfügt dieser Tatbestand über einen bitterbösen Beigeschmack, vor allem wenn ich an ein Erlebnis im vorigen Monat denke. Ich befand mich an der U-Bahnstation Jungfernstieg und wollte gerade die Heimfahrt antreten, da musste ich mit ansehen, wie ein geimpfter Teenager von einer Meute Jugendlicher, die uniformähnliche Designerklamotten trugen, verfolgt wurde. Schnell identifizierte ich die Jugendlichen als Mitglieder dieser dubiosen Partei **„Die Alternativen"**. Sie trugen die unverwechselbaren Klamotten der Marke Hugo Boss. Für Anhänger dieser Bewegung sind diese Klamotten geradezu urtypisch, vielleicht sogar charakteristisch. Der verfolgte Junge wurde wegen seines altmodischen Outfits übelst beschimpft und mit faulen Eiern und Tomaten beworfen. Ich bekam das Gefühl, dass der Junge um sein Leben rannte. Sein Gesichtsausdruck war total verängstigt. Er schaute sich ständig nach seinen Verfolgern um. Die Leute auf dem Bahnsteig griffen nicht in das Geschehen ein, eher im Gegenteil, ich gewann vielmehr den Eindruck, dass sie absichtlich wegschauten. Sie waren wohlmöglich eingeschüchtert und wollten nichts mit der Sache zu tun haben. Zivilcourage blieb also, wie sooft in letzter Zeit, Fehlanzeige. Vermutlich verspürten sie zusätzlich die Angst, sich mit dem Modevirus anzustecken. Ich musste versuchen, dem verzweifelten Jungen irgendwie zu helfen, so viel stand für mich fest. Schnell konnte ich zwei der Verfolger einholen und festhalten. Den anderen Verfolgern rief ich hinterher: „Lasst den Jungen endlich in Ruhe, sonst rufe ich die Polizei"!

Plötzlich kam der Junge ins Stolpern und stürzte unglücklich auf das Gleis. Die heranfahrende Bahn konnte nicht mehr rechtzeitig stoppen, und er kam grausam ums Leben. Ich hörte nur die entsetzlichen Todesschreie des Opfers. In diesen Schrecksekunden konnten sich die zwei Jugendlichen, die ich zu fassen kriegte, von mir losreißen und entkommen. Der Anblick der Leiche schockte mich zutiefst. Der Kopf lag abgetrennt einen halben Meter vom übrigen Körper entfernt. Überall floss und spritzte Blut wie aus einer Fontäne. Es war einfach nur irre, was auf dem Bahnsteig passierte. Mir fehlten nach diesem Ereignis die passenden Worte, was ausgesprochen selten bei mir vorkommt. Ich blieb im ersten Moment fassungslos. Nur weil jemand nicht dem aktuellen Modetrend entsprach, wurde er von Fanatikern in den Tod gehetzt. Und die anderen Menschen um mich herum schauten nur teilnahmslos zu. Wo bleibt die Toleranz gegenüber Andersdenkenden? Teilweise wird verächtlich sogar von „*Kulturschock*" gesprochen, nur weil jemand anders gekleidet ist. Ich verstehe es nicht, wie sich unsere Gesellschaft zwischenzeitlich entwickelt hat. Ehrlich gesagt, möchte ich es auch nicht unbedingt. Es geht einfach nicht in meinen Kopf. Was ist dies bloß für eine erbärmliche Gesellschaft, in der wir heutzutage leben? Sie besteht ausschließlich nur aus Angst und Ignoranz. Offen gesagt, kann ich auf solche Trends in Zukunft verzichten und hoffe vielmehr auf eine Trendwende. Schlagartig wurde mir bewusst, dass sich etwas in unserer Gesellschaft ändern muss. Aus diesem Grund ist es mir wichtig, diesen Artikel über das, was sich Mode nennt, zu schreiben.

Zuhause wollte ich mich vorerst nicht mehr mit der Frage nach der gesellschaftlichen Moral beschäftigen. Trotzdem tat ich es. Der Modekrieg, der zurzeit unbestreitbar besteht, nimmt immer krankhaftere und infektiösere Züge an. Der Gesundheitsminister, den alle nur noch J.S. nennen, verbreitet beispielsweise per Twitter die Botschaft: „Nur wer sich impfen lässt, ist ein aufrechter Patriot". Mit dieser Aussage polarisiert er die Bürger ähnlich wie Lautermann und spaltet somit weiter unser Land. Das eben geschilderte Ereignis mit dem Jungen wurde als Vorwand genommen, um diesen fragwürdigen Spruch moralisch irgendwie doch rechtfertigen zu können. „Einfach ekelhaft", dachte ich im Stillen, als ich über Handy dieses Statement von ihm las. Wie konnte J.S. so schnell von dem tragischen Schicksal des Jungen erfahren haben? „Erschreckend, dem ist wohl jedes Mittel recht, seine umstrittene Pandemie-Politik durchzusetzen", kam mir in den Sinn. Es stieß mir sauer auf. Nur mit reichlich viel Wasser konnte ich das Sodbrennen wieder loswerden. Eine absolute Zumutung für mich. Außerdem missbrauchte J.S. den Begriff Patriotismus. Diese Wortwahl bekam einen inflationären Charakter verpasst. Denn jeder, der sich bisher nicht impfen ließ, ist aus seiner Sicht ein Landesverräter, fast schon ein Staatsfeind, der auf die Anklagebank gehört. Zumindest stellt er es so in der Öffentlichkeit dar. Diese ekelhafte Form des Missbrauches kennen wir schon aus der deutschen Geschichte des 20. Jahrhunderts zu genüge. Eigentlich sollte wir daraus längst gelernt haben. Jedoch die Geschichte entlarvt sich, wie sooft, als Wiederholungstäter. Daher bleiben manche Menschen aus unerklärlichen Gründen auf der gleichen Entwicklungsstufe stehen. Sie wirken wie geistig Zurückgebliebene, die aufgrund ihres Handicaps großen Schaden in der Gesellschaft verursachen.

Die Lage in Deutschland wird immer brenzliger. Dadurch kommt es zu schwerwiegenden Verletzungen seelischer und körperlicher Art in unserer sogenannten Wertegemeinschaft. Politiker verlieren zunehmend die Nerven und geben fast ungeniert ihre Fehlbarkeit preis. Fingerspitzengefühl beziehungsweise Empathie ist leider totale Fehlanzeige. Immer mehr spüre ich, dass wir uns in einem furchtbaren Bürgerkrieg, dessen Ausgang noch völlig offen ist, befinden. Alles gerät aus den Fugen.

Meine eigene Sozialanalyse überforderte mich. Ich wollte einfach nur vergessen und trank noch am selben Abend gegen meine Gewohnheit zwei Flaschen Rotwein. Natürlich war ich mir darüber im Klaren, das mir dies nicht gut bekommen würde, aber es entwickelte sich in diesem Moment eine Scheißegal-Haltung. Ich bekam das Gefühl, versagt zu haben. Hundeelend fühlte ich mich. Ich habe eine Schlacht in einem Krieg verloren, den ich möglicherweise ohnehin nicht gewinnen kann. Diese bittere Realität wurde immer stärker zu einen neuen Bewusstsein in der Bevölkerung. Diesmal half auch kein Joint, um mich emotional unter Kontrolle zu halten. Ich konnte mich nicht auf dem Job konzentrieren und blieb für mehrere Tage außer Gefecht gesetzt. In der Öffentlichkeit wurde das Verhalten der Jugendbewegung moralisch verurteilt. Letztlich ist es aber nur scheinheiliges Getue, da die Regierung ausschließlich ihre eigenen Interessen durchsetzen will, nämlich weiter an den Hebeln der Macht zu sitzen. Unterm Strich ist es knallhartes und rücksichtsloses Marketing. In Punkto Radikalität unterscheiden sich Impfbefürworter und Impfgegner kaum. Daher überkam mich ein fürchterlicher Brechreiz, sodass ich kurz davor stand, mich auf der Toilette übergeben zu müssen. Aus diesem Grund ziehe ich es vor, mir meine eigene Tagesschau zu gestalten. Das Schicksal des toten Jungen, der übrigens Wolfgang Joop hieß, wurde von den Medien erbarmungslos ohne Rücksicht auf die Angehörigen ausgeschlachtet. Eine Sondersendung nach der anderen wurde dazu tagesaktuell gesendet. Dabei wurde auch auf die zufällige Namensgleichheit mit einer verstorbenen und bekannten Persönlichkeit aus der Modewelt hingewiesen, nur um Schlagzeilen zu machen. Jedoch hat die Namensübereinstimmung nichts mehr mit der eigentlichen Geschichte zu tun. Es brach die absolute Sensationsgeilheit aus, die ich als pure Geschmacklosigkeit wahrnahm, die seit Pandemiebeginn zu einen Symptom unserer Zeit wurde. Ein erschreckendes Szenario spielte sich nochmals vor meinen Augen ab. Einen Horrorfilm, der für mich zur brutalen Realität wurde, präsentierten die Medien gnadenlos in Dauerschleife in Fernsehen. Möglicherweise wieder eine neue Virusvariante, die uns in den sicheren Tod treibt? Das Leben gewinnt immer mehr an Unberechenbarkeit. Mein Vertrauen in die Berichterstattung ist seit diesem besagten Tag endgültig bis auf die Grundmauern erschüttert. Ich schäme mich für meine Berufskollegen. Muss ich ernsthaft über einen Berufswechsel nachdenken? Halbwahrheiten, die sich letztlich als Lügen entlarven, gehören leider zum Geschäft meiner Berufssparte. In diesem Zusammenhang fühlte ich mich an einen alten Spruch aus der Modewelt erinnert: „In der Werbung gibt es keine Lügen, sondern nur zweckmäßige Übertreibungen". Diese Form des Selbstbetrugs ist erbarmungsloses Marketing auf Kosten von anderen. Horrornews werden zu einen Folterinstrument der Medien. Alles wird nur der skrupellosen Profitgier untergeordnet. Damit sind sie keinen Deut besser als die sogenannten Alternativen, die sie so stark kritisieren. Verantwortungslosigkeit ist hier leider das passende Stichwort. Die Moral wird hier zum Fremdwort gemacht, das kaum noch einer von seiner ursprünglichen Bedeutung her kennt.

Das Konzept der Ausbeutung hat sich in der Historie schon mehrfach bewährt. In der Steinzeit, also seit Beginn der Menschheit, war dieses Prinzip zumindest in Ansätzen schon vorhanden. Bereits in der Antike soll es ein Geheimbund namens *Armodis* gegeben haben, der das System der Ausbeutung gesellschaftlich kultivierte. Vielen von uns ist das Konzept spätestens seit dem Zeitalter der **Industriellen Revolution** im 19. Jahrhundert unter dem Schlagwort *„Kapitalismus"* bekannt. Es wurde wie ein Erbe von Generation zu

Generation an die Mächtigen weitergegeben. Die Erfolgsformel benötigte gelegentlich nur leichte Anpassungen an die jeweilige Epoche. Dadurch überlebte dieses fragwürdige Wertesystem einige Krisen und befindet sich meist auf dem „Triumpffeldzug" der Wirtschaftsfunktionäre. *„Die Welt ist nicht genug"*, könnte tatsächlich ihr Werbeslogan in diesem Kontext heißen. Ihre maßlose Gier nach gesellschaftlichem Einfluss lässt keine Grenzen verschlossen, und keine Wünsche bleiben offen. Daher erneuerte sich der Geheimbund *Armodis* am 31.01.2133 und schmiedete das sogenannte Modekomplott. Innerhalb dieser dubiosen Organisation gründete sich die Partei **„Die Alternativen"** und plante den Regierungsputsch in Deutschland. Der Name der Partei klingt eher nach einer harmlosen Organisation, aber davon darf man sich aber keineswegs täuschen lassen. Es ist eine raffiniert durchdachte Werbestrategie, die einfach nur das Ziel verfolgt, um jeden Preis erfolgreich zu sein. Zu Beginn verbreiteten sie einfache und leichtverständliche Botschaften und Lösungen an die Bürger, eine Strategie, die sich bereits in der Historie des 20. Jahrhunderts gut bewährt hat. Ihr politisches Vorbild die NSDAP kam auf diese Weise an die Macht und richtete großes Unheil auf der Welt an. Dies sollte für uns eine ernst zu nehmende Warnung sein.

Adolphine Wedel, eine führende Parteifunktionärin und Spitzenkandidatin, hetzt gegen Andersdenkende, nur um ihre Daseinsberechtigung in der Politik in irgendeiner Form zu erlangen. Denn inhaltlich hat diese Partei den Bürgern keine neue gesellschaftliche Perspektive zu bieten, auch wenn der Name der Partei im Prinzip genau dies verspricht. Vielmehr vertreten sie egoistisch ihre eigenen und persönlichen Interessen. Das Wahlvolk ist ihn in Wahrheit völlig egal. Hauptsache sie werden von ihnen in die Parlamente gewählt. Die Menschen gelten quasi nur als dummes Stimmvieh, damit die angeblichen Volksvertreter sich ungeniert und hemmungslos die Taschen füllen können. Es geht einfach nur darum, die Macht der Wirtschaft um jeden Preis zu erhalten. Alles soll in Bezug auf die Ausbeutung der Menschen so bleiben wie es ist und zwar ohne Rücksicht auf Verluste. Der Raubbau an der Natur wird hierbei weiter skrupellos geleugnet. Der Weg in die Selbstzerstörung wird auf diese Weise geebnet. Die Machtgier versperrt die Sicht für das Offensichtliche.

Die gewissenlose Frau Wedel, die wie eine verbissene und hassverzerrte Kampfamazone in den Medien rüberkommt, entbrannte eine menschenverachtende Hetzkampagne gegen alle, die angeblich nicht normal sind. Dazu gehören Menschen, die sich nicht den jeweiligen Modetrend anpassen oder Umweltaktivisten, die unseren Planeten retten wollen. Aus ihrer Sicht sind es alles Feinde unseres Wertesystems. Die Umweltaktivisten beschimpft sie als Öko-Terroristen und Modeverweigerer als asoziale Schweine, die unsere Werte gefährden. Natürlich gehören sie alle abgeschoben in eine Heilanstalt. Begründung? Es sind kranke Menschen, die unbedingt geheilt werden müssen. Wohin führt uns dieser Weg? Der Tanz der Teufel beginnt sein monströses Gesicht zur Schau zu stellen.

Insidern ist das Modekomplott unter den Namen Operation „*Goldeneye*" bekannt. Das goldene Auge steht symbolisch für Profit und Kontrolle durch das Bündnis. Hier gilt George Orwells altes bekanntes Motte von 1984: „Der große Bruder wacht über euch". Modekonzerne und einflussreiche Politiker agieren bereits in der Organisation fast unbemerkt im Hintergrund und ziehen die Fäden. Es ist ein teuflischer Plan der Machtergreifung, mit dem Ziel, die Welt beherrschen zu wollen. Alle drei Monate treffen sie sich heimlich, um sich bezüglich der Strategie eingehender zu beraten. Nichts darf dabei schieflaufen. Jeder Fehler könnte wohlmöglich die Operation kurz vor der Zielgeraden noch gefährden. Natürlich finden die Sitzungsrituale nicht offiziell statt. Denn die Öffentlichkeit darf davon unter keinen Umständen etwas erfahren. Aus Sicherheitsgründen werden die Treffen kurzfristig vereinbart und die Orte der Zusammenkunft ständig gewechselt.

In Februar 2134 gab es einen internen Machtkampf zwischen einigen Mitgliedern der *Armodis*. Ihr gewählter Führer, dessen Namen mir zu diesem Zeitpunkt noch nicht bekannt war, ließ seine Konkurrenten in den eigenen Reihen unter dem Vorwand, dass sie sich des unerlaubten Wettbewerbs schuldig gemacht hätten, innerhalb von nur sieben Tagen ermorden. Alle Morde wurden als Freitod getarnt, um großes öffentliches Interesse zu vermeiden. Die Anzahl der sogenannten Suizide war aber auffällig hoch, sodass einige Journalisten sehr misstrauisch wurden. Unter uns Kollegen hieß sie *„die Blutritualwoche"*. Erst durch meine Informanten, die verdeckt für mich arbeiten, habe ich verstanden, was sich eigentlich hinter den mysteriösen Todesfällen verbirgt.

Weitere Details konnte ich vorläufig von meinen Kontaktpersonen nicht erfahren. Meine Informanten müssen sehr vorsichtig sein. Schließlich riskieren sie tagtäglich ihr Leben. Der Hauch des Todes wird für sie immer spürbar bleiben, da sie sich in einer *Mission Impossible* befinden. Ich möchte nicht schuld daran sein, wenn sie wegen unnötigem Leichtsinn sterben müssen. Leben und sterben lassen ist im Gegensatz zu manchen Politikern nicht mit meiner Lebensphilosophie vereinbar. Ich würde sonst vor lauter Schuldgefühle Krokodilstränen vergießen müssen, wenn Menschen wegen meines Übereifers sterben würden. Deshalb setze ich sie wegen der benötigten Informationen auch nicht weiter unter Druck. Ich muss mich halt in Geduld üben, auch wenn es mir zugegebenermaßen sehr schwerfällt. Vor allem interessiert mich die Namensliste der Mitglieder. Und eine Kopie eines Vertrages, der die Existenz des neugegründeten und anonymen Geheimbundes beweist, findet ebenfalls mein großes Interesse. Es könnte ein gewaltiges politisches Erdbeben in Deutschland auslösen. Die Partei, die sich **„Die Alternativen"** nennt, könnte dadurch schnell wieder in die politische Bedeutungslosigkeit verschwinden. Dieses Schriftstück ist ein Partnerschafts- beziehungsweise Gesellschaftsvertrag, der die Pflichten und Rechte der Mitglieder in allen Details genauestens regelt. Außerdem beinhaltet der Vertrag die Zielsetzungen des Geheimbundes und entlarvt zusätzlich ein kriminelles Machtkartell mit einer fragwürdigen Moral.

Diesbezüglich läuft alles unter den großen und nicht zu übersehenden Überschriften **„Neues Deutschtum"** und **„Deutschstunde"**. Wohin führt uns der Weg dieser dubiosen und fragwürdigen Organisation? Folgt ein übersteigerter Nationalismus dessen negatives Ausmaß sich noch nicht einschätzen lässt? Ich hoffe nicht. Dies wäre zweifelsfrei unser aller Untergang. Die Mode würde sich in so einen Fall endgültig zu einer gnadenlosen Diktatur beziehungsweise zu einer Schreckensherrschaft entwickeln. Es gäbe keine Toleranz gegenüber anderen gesellschaftlichen Trends mehr, was gleichzeitig zu einer Verblödung der Gesellschaft führen würde. Nur noch Terror und Unterdrückung würden unser aller Leben bestimmen. Die Meinungsfreiheit könnte in so einen Fall endgültig zu Grabe getragen werden. Keine kulturelle Vielfalt mehr. Nur streng vorgegebene politische Richtlinien, die unbedingt eingehalten werden müssen. Beim Verstoß müsste mit strafrechtlicher Verfolgung gerechnet werden. Wollen wir dies tatsächlich?

Zusätzlich erfuhr ich bereits, dass es tödliche Konsequenzen hat, wenn eines der Mitglieder gegen die intern geltenden Regeln verstößt. Er wird ohne zu zögern liquidiert. Zuvor wird er für vogelfrei erklärt, danach zum Abschuss freigegeben. Jedes Mitglied erhält quasi eine Lizenz zum Töten. Der Todesschütze kann sich über eine hohe Kopfprämie freuen und steigt wohlmöglich schneller die Karriereleiter nach oben. Das Denunziantentum ist daher in dieser böswilligen Gemeinschaft ganz großgeschrieben. Vorteil: Regelverstöße sind nur eine absolute Seltenheit. Aus Angst diszipliniert sich jedes Mitglied selbst, um kein tödliches Schicksal zu ereilen. Somit setzt dieser Geheimbund seine Ziele beharrlich und konsequent um, ohne Rücksicht auf Verluste. Kollateralschäden sind natürlich nicht ausgeschlossen.

Welche Gruppierung gehört noch zu dieser geheimnisvollen Organisation? Beschränkt sich alles nur auf die Wirtschaft und die Politik? Wer ist noch an diesem geplanten Putsch involviert? Gerüchte zu Folge wurde sogar der Geheimdienst zumindest teilweise vom Geheimbund unterwandert. Eine grauenhafte Vorstellung, die meine bisherigen schlimmen Befürchtungen noch übertrafen. Dadurch wäre unser Rechtsstaat, wie wir ihn zumindest noch bruchstückhaft kennen, demnächst endgültig ein Relikt der Vergangenheit. Zugegeben, die aktuelle Regierung ist ebenfalls mit einer gewissen Vorsicht zu genießen, weil sie wegen der Modepandemie unsere deutsche Verfassung mit einer erschreckenden Selbstverständlichkeit entwertet, aber trotzdem repräsentiert sie bisher zurzeit das etwas kleinere Übel.

Nun wieder zurück zum ursprünglichen Gedanken. Der Geheimdienst ist in diesem Machtspiel zweifelsfrei verstrickt. Er ist der unsichtbare Dritte, der die Drecksarbeit für die sogenannten grauen Eminenzen erledigt. Ihr spezieller Werbespruch lautet vermutlich: „Bei Anruf Mord." Ein schmutziges Geschäft, das unbestreitbar dazu beiträgt, dass unser politisches Klima weiterhin verpestet wird. Es steht kurz vor endgültigen der Eskalation, die zu einer unkontrollierten Explosion führen kann. Der Putsch ist wahrscheinlich nur noch eine Frage der Zeit. Nicht viel, was ich an Informationen habe, aber es reicht aus, um mir Schritt für Schritt ein Bild von der aktuellen Modefront machen zu können.

Außerdem erfuhr ich, dass auch die Arbeitslosen stärker in dieses Konzept der profitgeilen Wirtschaftsstrategen eingebunden werden. Zukünftig sollen sie nach den Vorstellungen des Geheimbundes in sogenannte Konzentrationslager, kurz KZ genannt, gesteckt werden, um sie militärisch auf die Arbeitswelt zu drillen. Wie von Zauberhand geführt, verschwinden die Inhaftierten aus der Statistik der Arbeitslosen. Zumindest stellt es sich so die Partei **„Die Alternativen"** die zukünftige Arbeitsmarktpolitik vor. Vorerst darf auch dieser Plan nicht an die Öffentlichkeit gelangen. Es könnte sonst ihre teuflisch gearteten Pläne gefährden. Dies muss aus Sicht der Wirtschaft in jedem Fall vorerst vermieden werden. In diesem Kontext findet passend zum Thema Mode der Begriff *„Schönheitsoperation"* seinen Einklang. Ein verstorbener britischer Politiker, dessen Name mir gerade entfallen ist, würde vermutlich hier sagen: „Ich glaube nur an die Statistik, die ich selbst gefälscht habe".

Irgendwo habe ich den Begriff Konzentrationslager schon einmal gehört. Leider verlor ich die totale Erinnerung daran, wann und wo es war. Gedanklich befand ich mich möglicherweise auf dem Mars und nicht auf der Erde. Daher habe ich wahrscheinlich während meiner Schulzeit im Unterricht nicht aufgepasst. Ich erinnere mich hierbei nur an einen Ausspruch des Politikers der Partei **„Die Alternativen"**, der im Volksmund und in den Medien nur noch Alexander, der Gauleiter genannt wird: „Die Konzentrationslager sind nur ein Vogelschiss in der deutschen Geschichte". Vermutlich schon ein Hinweis darauf, was uns droht, wenn diese Partei tatsächlich an die Macht kommen sollte. Diese geistesgestörte Persönlichkeit wirkt auf mich nur wie ein alter und verbitterter Mann, der uns Bürger mit aller Kraft und einer pervertierten Besessenheit seine kranke Ideologie aufzwingen will. Für mich wäre es der Untergang, der sich nie ereignen darf. Das Ausmaß der Katastrophe möchte ich mir lieber nicht in diesem Zusammenhang ausmalen müssen. Hoffentlich bleibt es mir beziehungsweise uns erspart.

Könnte auf jedem Fall sinnvoll sein, das Wort Konzentrationslager im Geschichtsbuch nochmals nachzulesen. Mein Instinkt als Journalist erleichtert es wohlmöglich, den Artikel zu schreiben. Unter Umständen kann ich historische Parallelen oder Hintergründe aufdecken, die unsere Gesellschaft aus ihren Dornröschenschlaf wachrüttelt. Denn Geschichte hat sich im Laufe ihrer Zeit erfahrungsgemäß erstaunlich oft wiederholt. Diese Tatsache ist das einzige, was ich aus dem Geschichtsunterricht wirklich mitgenommen habe. Deshalb habe ich mich in der Schule oft gelangweilt und fühlte mich häufig regelrecht genervt. Heute weiß ich natürlich, dass genau diese Geschichtsbetrachtung entscheidend für die Entwicklung unserer Gesellschaft ist.

Bei der momentanen gesellschaftlichen Entwicklung kann ich es aber auch nicht ausschließen, dass der Begriff Konzentrationslager aus den Lehrbüchern gestrichen wird und zwar unabhängig davon, wer aktuell an der Macht ist. Eine bittere Erkenntnis, die mir schmerzlich in letzter Zeit immer wieder vor Augen geführt wird. Mit Begriffen, die in meiner Schulzeit als gefährlich für das System eingestuft wurden, war es die übliche, fast schon normale Vorgehensweise. Beinahe gewann ich den Eindruck, dass die *Armodis* schon vor der Erneuerung ihres Geheimbundes bereits politisch aktiv gewesen sein mussten und über einen gewissen Einfluss in der Politik verfügten. Entspricht dies den Tatsachen? Wieso werden mir erst jetzt die Zusammenhänge allmählich klar? Ist es eine Realität, die ich in der Vergangenheit aus meinem Bewusstsein verdrängt habe? Wenn ja, warum? Zurzeit kann ich mir all diese unangenehmen Fragen nicht zufriedenstellend beantworten. Ich vermute, dass ich den Begriff eher aus meinem Elternhaus kenne. Ein älteres Geschichtsbuch aus meiner Kindheit wäre durchaus sehr hilfreich. Ich meine mich zu erinnern, so ein Nachschlagewerk von meinen Erzeugern erhalten zu haben. Eine gute Ausbildung war ihnen stets sehr wichtig. Sie galten als absolut weltoffen und gebildet. In meiner Jugend habe ich von ihrem geistreichen Privatunterricht stark profitiert. Dadurch lernte ich, die Gesellschaft kritisch und genau zu durchleuchten, und entschied mich, Journalist zu werden.

Wenn ich bloß wüsste, wo ich das gottverdammte Geschichtsbuch in diesem schrecklichen Chaos in der Wohnung hingelegt habe. Ehrlich gesagt, Ordnung ist nicht unbedingt meine große Stärke. Zurzeit habe ich nicht die nötige Ruhe und die Zeit nach dem alten Schinken zu suchen. Mit diesem brisanten Machwerk darf ich mich nicht erwischen lassen, sonst muss ich damit rechnen, verhaftet zu werden. Sofort würde ich beschuldigt werden, ein Terrorist einer sogenannten linken Bewegung zu sein. Sie gelten sowohl bei der amtierenden bürgerlichen Regierung als auch bei der Partei **„Die Alternativen"** als militante Kräfte, die den Wohlstand unserer Nation gefährden. In diesem Punkt verfügen die beiden konkurrierenden politischen Lager über eine gemeinsame schockierende Schnittmenge. Eventuell sind sie sich ähnlicher als ihnen bewusst ist. Daher wäre es ungewiss, ob ich das Gefängnis als freier Mann je wieder verlassen könnte und zwar egal, wer gerade an der Macht ist. Für mich würde es einen öffentlichen Schauprozess geben, um den äußeren Schein eines demokratischen Rechtsstaates zu wahren. Möglicherweise würde er sogar live in den Medien übertragen werden. Vor allem die primitiv ausgerichteten Privatsender stehen auf solche menschenverachtende Sendungen, die sich gerne an persönlichen Schicksalen von Menschen ergötzen und sich regelrecht daran aufgeilen. Auch dies muss ich klar und eindeutig als tückische Virusvariante entlarven. Die Pandemie nimmt immer schlimmere und krankere Züge an. Auch Pandemiekritiker sollen der Öffentlichkeit auf diese abscheuliche Weise vorgeführt und gedemütigt werden. Diese Herangehensweise der Politik dient als gezielte Abschreckung für Freigeister und Andersdenkende. Sie sollen mit dieser Methode in schikanierender Weise eingeschüchtert werden. Niemand darf sich offiziell kritisch zur Pandemiepolitik äußern. Freie Meinungsäußerung zu diesem Thema sei nicht unbedingt erwünscht, um es mal sehr diplomatisch auszudrücken. Dafür wird wegen **der epidemischen Lage von nationaler Tragweite** nebenbei die deutsche Verfassung in weiten Teilen ohne tatsächliche Rechtsgrundlage außer Kraft gesetzt. Und das Bundesverfassungsgericht bleibt weitgehend verdächtig stumm wie ein Fisch. Diese Realität stach mir buchstäblich ins Auge. Ist möglicherweise Bestechung im Spiel? Kann ich zumindest nicht mehr ausschließen. Korruption wird zunehmend zur Normalität. Dieser Modetrend ist ein auffällig häufig auftretender Wiederholungstäter in der politischen Branche.

Symbolisch wird uns durch das Tragen eines Mund-Nasen-Schutzes ein Maulkorb verpasst. Zunächst blieb das Tragen so einer Maske bisher noch freiwillig, nun es soll aufgrund einer neuen Viruswelle, die laut sogenannter Experten wie beispielsweise Lautermann demnächst kommen soll, zur Pflicht werden. Dabei ist wissenschaftlich nicht wirklich bewiesen, dass diese Masken tatsächlich vor einer Infektion dieses Modevirus schützen. Es wird sogar inoffiziell darüber gesprochen, dass diese Masken gefährliche Nebenwirkungen haben, zumindest wenn man sie über einen längeren Zeitraum trägt. Wir atmen Plastik ein, was auf Dauer zu gravierenden Organschädigung führen kann, die sich hinterher nicht mehr reparieren lassen. Unser Noch-Gesundheitsminister J.S. hat sich trotzdem auffällig stark für die Maskenpflicht eingesetzt. Warum? Laut Insiderinformationen verdient unser Staatsdiener nebenbei sehr viel Geld mit den Masken. Er ist stiller Teilhaber der Firma, die diese dubiosen Masken herstellen. Sein Lover Ludwig Kieler vom Robert Koch-Institut verbreitet mit einen gewissen Pathos die Botschaft: „Nur wer die Maske trägt, ist hinreichend vor dem Modevirus geschützt. Ansonsten sind schreckliche Krankheitsverläufe mit Todesfolge zu befürchten". Das ist wieder einmal ein gutes Beispiel für brutales und gewissenloses Marketing. Bewusst wird mit den Ängsten der Menschen viel Geld verdient. Einfach ekelhaft. Es ist mir in Anbetracht dieser Realität schon wieder zum Kotzen zumute. Kein Wunder also, dass **„Die Alternativen"** großen Zulauf in der Bevölkerung finden, obwohl jeder eigentlich weiß, dass sie noch schlimmer sind, als die etablierte Politik. Zusätzlich versucht die jetzige Regierung Handlungsfähigkeit zu demonstrieren, um ihre Position gegenüber der Öffentlichkeit zu stärken, auch wenn die Masken vermutlich nur ein mieser, nahezu skrupelloser Edikettenschwindel sind. Die Bürgerlichen dürfen in dieser brisanten Situation keine Schwäche mehr nach außen zeigen. Dies wäre Kanonenfeuer für den politischen Gegner.

Immer schwieriger wird es die politischen Zusammenhänge der Modepandemie zu verstehen. Diese Viren hat es zweifelsfrei schon immer gegeben. Und im Prinzip leben wir seit ewigen Zeiten mit ihnen. Nun wird so getan, als sei es etwas völlig Neues. Was steckt tatsächlich hinter all den sogenannten Schutzmaßnahmen? Zugegeben, seit der Globalisierung sind die Modeviren deutlich aggressiver geworden. Dies bestreite ich keineswegs. Die Krankenhäuser sind voll mit den Intensivpatienten, aber trotzdem halte ich es für eine übertriebene Panikmache der Medien, die eher als kontraproduktiv einzustufen ist. Denn nicht jeder infizierte Patient ist automatisch ein Totgeweihter, auch wenn es gerne aus reiner Sensationslust so von den Medien dargestellt wird. Gezielt werden uns aus diesem Grund ständig Massengräber gezeigt. Es ist die absolute Manipulation in Reinkultur.

Nun wieder zurück zu den Arbeitslosen. Gesellschaftliche Anpassung oder Resozialisierung nennt man diese Maßnahmen, die Arbeitslosen seit einiger Zeit gesetzlich verordnet werden. Im Jahre 2136 wurden im Zusammenhang mit diesen Maßnahmen die sogenannten *Nürnberger Beschlüsse* im Bundestag verabschiedet. Bedeutet im Klartext, dass der Geheimbund schon vor drei Jahren sehr intensiv seine Finger im Spiel hatte. Den Einfluss der Wirtschaft darf man daher einfach nicht mehr unterschätzen. Offiziell spielt die Partei **„Die Alternativen"** diesbezüglich eher eine untergeordnete Rolle. Davon sollten wir uns allerdings nicht täuschen lassen. Die Macht der Wirtschaft wächst weiter bedrohlich und zwar kontinuierlich. Überall wird es deutlich spürbar. Gerade der Umgang mit den Arbeitslosen zeigt es uns sehr anschaulich. Damit man diese menschenunwürdigen Vorkehrungen öffentlich rechtfertigen kann, werden die Arbeitslosen in den Medien als Kriminelle geächtet. Sie werden beispielsweise für die hohe Staatsverschuldung verantwortlich gemacht und haben ihr Schicksal der Arbeitslosigkeit natürlich selbst verursacht. Und die Mehrheit von ihnen ruht sich auf der „sozialen Hängematte" aus. Somit ist der ideale Sündenbock gefunden, der für das Übel der Welt verantwortlich ist und zwar unabhängig vom Wahrheitsgehalt dieser zweifelhaften Botschaften. Viele Menschen glauben diesen hirnverbrannten Unsinn, weil auf diese Weise einfache Lösungen für komplexe Probleme angeboten werden. Und genau dies ist brandgefährlich und leider auch brandaktuell. Wir müssen die aktuelle Entwicklung unbedingt im Blick behalten. Gesellschaftliche Intoleranz und soziale Kälte dürfen sich nicht endgültig durchsetzen.

Diese dubiosen Thesen über Arbeitslosen sind alle im Buch *„Mein Fight"* von Wirtschaftsguru Bernd Höcker nachzulesen, welches bereits 2125 veröffentlicht wurde. Dieser Mann drängt sich immer weiter in den Vordergrund. Wegen der massenhaften Verbreitung von sehr fragwürdigen Verschwörungstheorien im Internet saß er 2123 für ca. 15 Monate im Gefängnis. In dieser Zeit verfasste er sein literarisches Schundwerk. Nun präsentiert er sich als Strahlemann und Retter der Welt, der unbedingt, geradezu zwanghaft im Mittelpunkt stehen muss. Ein eitler Pfau eben, der quasi in sich selbst verliebt ist und sich gerne im Spiegel der Geschichte als starker Mann betrachtet. Vermutlich sieht er sich sogar als neuen Führer des Landes. Vor kurzem ist er der Partei **„Die Alternativen"** eingetreten und stieg in galoppierendem Tempo die Karriereleiter rasch nach oben. Er verfügt über eine große Anhängerschaft innerhalb dieser ohnehin gesellschaftsfeindlichen Partei. Es entstand daraus der sogenannte rechte Flügel sowie die Höcker Jugend, kurz **HJ** genannt. Fast schon eine Partei innerhalb der Partei. Ihre Forderungen sind sehr extrem, wie unsere Gesellschaft künftig aussehen soll. Gerade was den Umgang mit den Arbeitslosen angeht. Seine messerscharfen Thesen sind aus meiner Sicht als menschenverachtend und herabwürdigend einzustufen. Berufskollegen von mir, die diese gefährlichen Behauptungen des dichterischen Teufelswerks ebenfalls kritisch sehen, sprechen hierbei häufig von der *„Herzstichlegende"*, weil solche Äußerungen eine tiefklaffende Seelenwunde bei den Geächteten verursacht. Ihnen wird auf diese Weise die menschliche Würde genommen. Es soll das Gefühl erzeugt werden, dass sie ohne Arbeit nichts wert sind. Der anhaltende Erfolg dieses Buches ist für mich ein klares Indiz dafür, dass weite Teile der Gesellschaft die fragwürdigen Botschaften tatsächlich verinnerlicht. Eine erschreckende und niederdrückende Realität, der wir uns immer mehr stellen müssen.

Es ist wie ein sich langsam einschleichendes Gift, dass den ahnungslosen Menschen injiziert wird. Die Wirkung des Mittels wird dramatisch immer spürbarer. Bei dieser Betrachtung verhärtete sich mein Verdacht, dass der Erfolgsautor tatsächlich der kommende Mann in der deutschen Politik sein wird. Ich gehe auch davon aus, dass er zu den führenden Köpfen des Geheimbundes gehört. Beweisen kann ich es allerdings nur mit der Namensliste. Daraus müsste die Zuordnung und Positionierung der einzelnen Mitglieder innerhalb des Geheimbundes hervorgehen.

Damit die Arbeitslosen in der Öffentlichkeit erkannt werden, müssen sie demnächst gelb-schwarz gestreifte Uniformen mit einem aufgenähten großen roten A auf der rechten Schulter tragen. Für diesen Entwurf setzte sich der Modekonzern Hugo Boss durch, der auch der Favorit bei der Partei **„Die Alternativen"** ist. Zufall? Eher nicht. Es ist vielmehr der zunehmende Einfluss der *Armodis* in der Politik. Natürlich verdienen sie sich auf Kosten der Schwächeren eine goldene Nase. Die Finanzierung dieser Partei wird auf diese Weise dauerhaft gewährleistet. Das Modevirus wird quasi erfolgreich aktiviert und der gewünschte Profit strömt fast automatisch in die Kassen dieser moralischen Verbrecher. Aus meiner Sicht absolut schäbig und niederträchtig. Trotzdem findet diese Vorgehensweise positiven Anklang in weiten Teilen der Bevölkerung, weil sie die Hintergründe nicht durchschauen oder aus Bequemlichkeit und Angst sich ohnehin lieber wegducken. Die gesellschaftlich Geächteten werden durch die Berichterstattung der Presse dazu gebracht, Springer in ihr Unglück zu werden. Die Selbstmordrate für die schicksalsgebeutelten Menschen ist enorm hoch. Natürlich wird auch diese Selbstmordrate geheim gehalten, denn es wird eine äußerlich lupenreine Weste benötigt. Gleichzeitig übt es Druck auf die restlichen Betroffenen aus, sich schnell einen neuen Job zu suchen, auch wenn es Arbeit für einen Billiglohn bedeutet. Bei dieser politischen Herangehensweise ist einiges bereits am „*Argen*". Diese Methode hat sich zu einem eigenständigen Modetrend entwickelt. Schockierend, was ich hier feststellen musste.

Ein ähnlicher Modetrend seitens der bürgerlichen Regierung ist mittlerweile ebenfalls im Gespräch. Nicht-Geimpfte sollen demnächst mit blauen Armbinden herumlaufen mit dem Aufdruck *„Ungeimpft"*. Die Diskriminierung scheint hier keine Grenzen zu kennen. Auch hier wird menschverachtend Druck auf Andersdenkende ausgeübt. Zwar befürworte ich grundsätzlich das Impfen, aber es darf niemand durch Androhung von Ausgrenzung oder sonstiger Strafen dazu gezwungen werden. In Satiresendungen werden Ungeimpfte öffentlich als „asoziale Schweine" beschimpft. Der Moderator Oliver W. grinste dabei freudestrahlend in die Kameras der beliebten heute-SHOW. Dieser rüde Ton ist leider salonfähig geworden und ist ein wesentlicher Bestandteil der neuen Normalität. Erschreckend ist in diesem Zusammenhang, dass die amtierende Regierung die gleiche Musik abspielt wie ihr politischer Gegner, den sie so hart wegen radikaler Äußerungen kritisieren. Es verstößt gegen meine moralischen und ethischen Prinzipien. Wie kann es angehen, dass Ungeimpfte bald bestimmte Örtlichkeiten nicht mehr aufsuchen dürfen? Teilweise wird sogar deren medizinische Versorgung infrage gestellt. Alles unter Zustimmung und Befürwortung des hochgelobten Ethikrates. Hier steht wieder der Verdacht der Bestechlichkeit im Raum. Die Bürgerlichen verteidigen mit allen Mitteln ihre Macht. Die Impfung ist wohlmöglich ihre einzige politische Überlebenschance.

Die Modepandemie nimmt Tag für Tag immer dramatischere Ausmaße an. Modeseuchen werden von Fachvirologen, die für private Wirtschaftskonzerne arbeiten, auf bestimmte Personen- und Interessengruppen hingezüchtet und entsprechend in den Massenmedien wie Fernsehen, Radio, Internet und Zeitschriften aller Art als der letzte Schrei vermarktet. Diese Virologen bezeichnet man allgemein als Modeschöpfer. Ein harmlos klingender Begriff, wenn man bedenkt, was sie mit ihrer angeblich ehrenwerten Arbeit alles anrichten.

Fast fühle ich mich an Frankensteins Monster erinnert. Ein künstliches Irgendetwas, das über keine Seele verfügt, wird geschaffen und richtet nur Unheilvolles an. Gesetzlich kann man gegen diese Spezies nichts machen. Es ist von der Gesetzeslage alles im legalen Rahmen. Impfen scheint zurzeit der einzige Weg raus aus der Pandemie zu sein. Daher übt die Politik großen und gewaltigen Druck auf die Ungeimpften aus, wie oben bereits beschrieben. Es ist der leichtere Weg, um die kritische Situation eventuell einigermaßen unter Kontrolle zu bekommen. Mit der Wirtschaft legt man sich allerdings lieber nicht direkt an. Sie ist extrem mächtig, vielleicht sogar übermächtig. Aus Gründen der Fairness muss aber auch gesagt werden, dass es auch Unternehmen gibt, die nachhaltiger wirtschaften und somit über ein ökologisches Gewissen verfügt. Die Regierung ist aus diesem Grund ständig hin- und hergerissen zwischen wirtschaftlichen Wohlstand und die Errettung der Welt. Sie muss genau überlegen mit welchen Teilen der Wirtschaft sie sich am Ende verbündet. Daher verstrickt sie sich oft in vielerlei Widersprüche bei all ihren Maßnahmen. Nichts passt wirklich zusammen. Die Glaubwürdigkeit der etablierten Politik nahm aus diesem Grund großen Schaden, der sich möglicherweise nicht mehr reparieren lässt. Zweifelsfrei ist sie stark geschwächt, vielleicht sogar schon stehend KO. Ein Putsch wird daher immer wahrscheinlicher.

Der Virusüberträger, der von den Modeschöpfern freigesetzt wird, nennt man übrigens in der Fachsprache auch gerne in Volksmund *Werbung*. Die Menschen werden von dem Virus *Mode* angesteckt und leiden unter den krankhaften Zwang zu *kaufen*. Der Kaufzwang wird durch die Unzufriedenheit der Massen noch verstärkt. Für mich entsteht der Eindruck eines bewusst systemgesteuerten Aktionismus, der sich allerdings zurzeit nicht eindeutig beweisen lässt, aber für mich trotzdem offensichtlich ist. Selbstverständlich ist diese Beweisführung seitens der gewissenlosen Wirtschaft auch nicht unbedingt erwünscht, denn sonst würde ihr Lügengerüst komplett einstürzen, und sie an politischen Einfluss verlieren. Dies hätte globale Auswirkungen und zwar im positiven Sinne. Der sträfliche Raubbau an der Natur könnte nicht mehr in der gewohnten Weise fortgesetzt werden. Schnell würde sich herausstellen, dass unser Wohlstand sehr wahrscheinlich nur noch von kurzer Dauer ist. Das Ausmaß der Selbstzerstörung ist jetzt schon nicht mehr zu übersehen, auch wenn **„Die Alternativen"** den menschengemachten Klimawandel weiterhin hartnäckig leugnen will, um ihre eigenen Interessen rücksichtslos durchsetzen zu können. Vor dieser düsteren Realität können wir aber nicht mehr die Augen verschließen. Sonst kommt der Untergang, den wir eigentlich nicht wollen, sehr viel schneller. Ich hoffe, dass die Menschen endlich aufwachen und auf die Straßen gehen, um ihre Meinung kundtun. Vielleicht gibt es sogar bald doch eine Revolution, aber natürlich im positiven Sinne.

Mehrfach war ich Beobachter, dass riesengroße Menschenmassen wie hypnotisiert durch Einkaufsstraßen und Shoppingpassagen herumlaufen, um nach ihrem Objekt der Begierde suchen. Sobald sie es erblickt haben, stürmen sie wie Wahnsinnige oder Verrückte in jegliche Geschäfte und Kaufhäuser. Es herrscht hierbei der absolute Ausnahmezustand, der sich hoffentlich nicht zu einer dauerhaften Normalität entwickelt, wie es sich die *Armodis* und somit auch **„Die Alternativen"** vorstellen. Denn der Verstand der Infizierten ist nahezu komplett ausgeschaltet. Nur das Kleinhirn scheint noch einigermaßen zu funktionieren. Es gibt kein Halten und vor allem keine Selbstkontrolle mehr. Dabei wird es zunehmend immer unwichtiger, ob jemand über den Haufen gerannt wird oder nicht. Oft gibt es unter solchen Umständen eine Vielzahl von Verletzten oder gar Tote zu beklagen. Ich wurde selbst Augenzeuge eines dieser tragischen Todesfälle. Dies ließ mich auch emotional nicht völlig kalt. Dies könnte ein Indiz dafür sein, dass der Impfstoff doch bei mir wirkt. Ein gutes Zeichen? Davon gehe ich mittlerweile aus. Es macht ein wenig Hoffnung für die Zukunft.

Ich befand mich gerade in der Fußgängerzone in der Spitalerstraße. Aus einer größeren Entfernung musste ich mit ansehen, wie ein alter Rentner mit Krückstock rücksichtslos von einem Menschenauflauf erdrückt und überrannt wurde. Der Mann hieß übrigens Karl Lagerfeld jr., wie sich hinterher herausstellte. Er starb einen qualvollen Erstickungstod, ausgelöst durch eine Panikattacke. Im Angesicht des Todes versuchte er nach Luft zu ringen, aber er verfügte über keine Chance mehr, seinem Schicksal zu entrinnen. Ich konnte ihm leider nicht mehr helfen. „Stirb an einen anderen Tag! Nur nicht heute alter Mann", rief ich verzweifelt, als ich bemerkte, dass meine Wiederbelebungsversuche leider erfolglos blieben. Die Ärzte stellten hinterher nur seinen tragischen Tod fest. Diagnose Mord durch die Wirtschaft müsste eigentlich die Feststellung der Mediziner sein. Stattdessen wurde nur von einem altersbedingten Herzinfarkt gesprochen. Wollte man auf diese Weise eine weitere Panik wegen des Modevirus vermeiden? Oder infizierten sie sich wohl möglich selbst mit dem Virus? Kann ich ehrlich gesagt nicht eindeutig beantworten. Äußerlich sieht man es häufig einen Menschen nicht an, ob er sich bereits mit dem fatalen Virus angesteckt hat oder nicht. Erst bei der vollen Entfaltung der Symptome wird die Infizierung meist offensichtlich. Genau dies macht die Pandemie so gefährlich und unberechenbar. Bleibt sie daher ein Dauerzustand? Ist unsere Welt überhaupt noch zu retten? Bricht bald unsere hochgeschätzte Zivilisation zusammen, weil der Zenit erreicht oder sogar bereits überschritten ist? Die Situation macht mich wütend und nahezu hilflos. Der Konsumrausch, der durch die Freisetzung der Modeviren ausgelöst wurde, ließ die Menschen gewissenlos und gleichgültig werden. Achtlos gingen die Passanten am Hamburger Tatort vorbei, als hätte sich der schockierende Vorfall nie ereignet. Die Hauptsache für die vom Kaufrausch infizierten Menschen war es an den besagten Tag, an das Objekt der Begierde heranzukommen. Menschen verlieren in besorgniserregender Weise an Wert. Der inflationäre Charakter, der damit in Zusammenhang steht, nimmt sehr kranke und monströse Züge an.

Der Polizeiruf 110 über das Handy brachte mir letztlich nichts. Für die zwei Beamten Stoever und Brockmüller blieb es nur ein bedauerlicher Unfall mit Todesfolge, und die Akte wurde schnell wieder geschlossen. Gerne hätte ich mich als Zeuge der Anklage zur Verfügung gestellt, aber ich wusste, es wäre sinnlos. Also hielt ich mich mit meinen Äußerungen lieber bedeckt. Am Ende müsste ich noch wegen angeblich falscher Anschuldigung ins Gefängnis. Daher galt Vorsicht als mein bester Ratgeber. Die Macht der Wirtschaft ist einfach zu groß, und die aktuelle Regierung schwächelt weiter vor sich hin.

Ein Tag zuvor wurde in den Medien der Sommerschlussverkauf angekündigt. Der Preis spielte bei den Konsumsüchtigen ohnehin keine allzu große Rolle. Ihnen musste nur das richtige Stichwort genannt werden und der Ansturm der Massen in den Einkaufsstraßen der City wurde ausgelöst. Überfüllte Bahnen und Busse sind in dieser katastrophalen Lage die erschreckende Normalität. „Rush-Hour ist angesagt", hieß mein Urteil in Anbetracht der schwierigen Situation. In der Bahn konnte ich die Menschen nur dank meiner asiatischen Kampfsportausbildung mit Mühe und Not auf Abstand halten. Es entsteht für mich der Eindruck, dass dieses Spektakel unsere Zivilisation zum Planeten der Affen mutieren lässt. Sanitätskräfte bemühen sich stets, das Schlimmste zu verhindern, aber dennoch gibt es so viele Tote und Verletzte. Für mich sind diese Erlebnisse einfach nur grauenvoll und schockierend. Solche Expeditionen ins Tierreich möchte ich nach so einer Erfahrung verständlicherweise nicht unbedingt wiederholen. Die Pandemie zeigt sich von seiner schlimmsten Seite. Die Politik bekommt die Lage nicht wirklich unter Kontrolle. Sie lässt sich ständig von bestimmten Teilen der Wirtschaft auf der Nase rumtanzen. Ihre Unfähigkeit wird schonungslos offengelegt, was sich teilweise dadurch ausdrückt, dass sie sich selbst diktatorischer Mittel bedient, die sie in der Vergangenheit zuvor entschieden verurteilte. Dies kann am Ende nichts Gutes bedeuten.

Zynisch muss ich hier kommentieren, dass sich der tote Rentner voll im Trend befindet. Denn sonst würden bei solchen Events nicht täglich so viele Menschen qualvoll sterben. Apocalypse Now könnte demnächst die Realität sein, wenn sich nichts Entscheidendes passiert. Die Durchhalteparolen unserer Kanzlerin Angelika M. *„Wir schaffen es!"* mag ehrlich gesagt keiner mehr hören. Es ändert sich nichts an der aktuellen Situation. Die Menschen möchten endlich eine gesellschaftliche Perspektive präsentiert bekommen. Diese ist leider zurzeit nicht zu erkennen. Die Ungeduld in der Bevölkerung wächst in einem erschreckenden und bedrohlichen Tempo. Gibt es bald einen fürchterlichen Bürgerkrieg? Daher ist mit großer Wahrscheinlichkeit davon auszugehen, dass die Kanzlerin bald zurücktritt beziehungsweise darum gebeten wird, diesen Schritt zu vollziehen. Alles nur noch eine Frage der Zeit. Sie wird wohlmöglich das berühmt/ berüchtigte Bauernopfer in einem politischen Schachspiel sein, das schwer für Außenstehende zu durchschauen ist. Vermissen tue ich sie offen gesagt nicht. Die Frau hat unser Land bestenfalls mittelmäßig verwaltet. Es gab keine bahnbrechenden Reformen, die unser Land in irgendeiner Form vorangebracht hat. Eher im Gegenteil. Sie hat, aus welchen Gründen auch immer, sämtliche Reformen konsequent ausgebremst. Eine Politik der Stagnation folgte. Trotzdem frage ich mich: „Reicht es aus, eine Figur im Spiel auszutauschen, um einen möglichen Putsch zu verhindern"? Wir können vorerst nur abwarten. Schwer die Übersicht zu behalten.

Entsetzt bin ich über die Tatsache, dass von solchen Schicksalsschlägen wie die des Rentners nicht mehr in den Medien berichtet werden, obwohl sie sich sonst vor lauter Sensationslust kaum bremsen können. Wo bleibt in diesem Kontext die lückenfreie Aufklärung? Ein Strategiewechsel der aktuellen Regierung? Möglich. Viele Fernsehzuschauer fühlen sich genervt von der Pandemie-Berichterstattung, weil die ständige Konditionierung auf dieses Virus ihnen das Gefühl vermittelte, kein selbstbestimmtes Leben mehr führen zu können. Dies könnte auf Dauer schädlich beziehungsweise toxisch für die amtierenden Regierung sein. Denn eine Übersättigung an Nachrichten kann zu einer gefährlichen Volksermüdung führen, die einen politischen Umschwung verursachen könnte. Dieses Risiko wollten die verantwortlichen Politiker möglicherweise vorsichtshalber nicht eingehen. Genauso denkbar wäre es aber auch, dass die *Armodis* wahrscheinlich bereits in den Chefetagen der Nachrichtensender sitzen. Sie wiederum verfolgen das Ziel, die Auswirkung des Modevirus zu verharmlosen, um ihre fragwürdige Ideologie mit aller Macht zu rechtfertigen und durchzusetzen. Vorerst kann ich dieses Verwirrspiel aus Macht- und Intrigenkämpfen nicht eindeutig durchschauen. Es gewann eine gewisse Eigendynamik. Ein heikles Spiel ist zweifelsfrei im Gange. Wer verfügt über die besseren Karten in diesem Duell? Wie geht es am Ende aus? Zurzeit ist es noch ergebnisoffen. Die Spannung steigt.

Darüber hinaus beobachtete ich in den Innenstädten immer häufiger Diebstähle und Plünderungen. Angezettelt vom Geheimbund, um die aktuelle Regierung schlecht aussehen zu lassen. Die Schuld bekamen natürlich wieder die Arbeitslosen, die perfekten Sündenböcke, die sich in Anbetracht der Lage nicht angemessen zur Wehr setzen können, weil sie kaum noch über verfassungsmäßig garantierte Menschenrechte verfügen. In diesem Zusammenhang meldete sich die Kampfamazone Adolphine Wedel in den Medien zu Wort: „Es wird Zeit, dass man dieses faule Gesindel mal hart anfasst und mehr diszipliniert. Dann würden sie vielleicht nicht mehr auf dumme Gedanken kommen. Arbeitslager wäre angebracht. Doch die Weichei-Regierung hat die Lage nicht mehr in den Griff. Es wird Zeit für einen Regierungswechsel". Der Sprachstil von **„Die Alternativen"** wird immer ruppiger und derber. Der Erfolg, die Menschen zu beeinflussen, bleibt dabei erstaunlicherweise ungebrochen. Die Farbe des Geldes erreicht dabei ungeahnte Höhenflüge.

Jedoch besteht bei solchen Ereignissen die Gefahr, dass es zu Ausschreitungen kommt, die selbst ein großes Polizeiaufgebot kaum kontrollieren kann. Somit ging das Kalkül der *Armodis* voll auf. Chaos und Anarchie ist schon weitgehend die Folge ihrer dubiosen Werbekampagne. Tendenzielle Entwicklungen in dieser Richtung gibt es tatsächlich schon länger. Ein wichtiges und geschichtsträchtige Datum ist in diesem Zusammenspiel der 09.11.2138. An diesem besagten Tag standen wir kurz vor der Eskalation. Die Krankenhäuser waren an diesem schrecklichen Event total überfüllt, wie wir es jetzt in Zeiten der Pandemie regelmäßig erleben. Ein Vorbote unserer heutigen Pandemie? Davon gehe ich aktuell aus. Neben den Plünderungen machte sich auch die Zerstörungswut der Beteiligten bemerkbar, die man seit genau 200 Jahren in dieser Form in Deutschland nicht mehr kannte. Dabei ging nicht nur sprichwörtlich Kristall zu Bruch, sondern auch andere Dinge nahmen großen Schaden. Das Militär griff ein, sodass sich die Lage allmählich wieder beruhigte. Was hier der Auslöser der Ausschreitungen war, ist für mich offensichtlich, nur eindeutig beweisen kann ich es bedauerlicherweise nicht, was mich zutiefst verärgert. „**Die Alternativen**" erreichten zusätzlich beträchtliche Bürgerstimmen bei den letzten Wahlen. Dies betraf sowohl den Bundestag als auch sämtliche Landtage. Der Hass gegen Andersdenkende stieg seit diesem Ereignis in einem schockierenden Maße. Dabei gab es keine Beweise dafür, dass Arbeitslose und sogenannte Öko-Terroristen die Übeltäter waren, aber viele glauben es. „**Die Alternativen**" behaupteten in Gestalt des alten Gauleiters einfach lautstark: „Die Regierung will nur ihre eigene Unfähigkeit verschleiern. Sie ignorieren das Offensichtliche und greifen nicht energisch durch". Diese Pille wurde tatsächlich von vielen Bürgern brav geschluckt und zwar ohne weiter über die Nebenwirkungen nachzudenken. Wie funktionierte es? Eine Lüge wurde mit einer weiteren Lüge untermauert. Das Ausmaß dieser Entwicklung kann ich zum heutigen Zeitpunkt noch nicht einschätzen. Die Lage wird immer unberechenbarer. Wiederholt sich demnächst so ein Vorfall, wie im November vorigen Jahres? Nichts ist mehr wirklich vorhersehbar. Alles ist jetzt möglich.

In diesem Kontext ist auch eine Selbstzerstörung des Systems denkbar. Ich vermute, dass Politik und Wirtschaft sich dieser Realität nicht immer bewusst sind. Sie blenden einfach die brutalen Fakten aus. Sie werden weiterhin nur ihre gierigen Goldfinger nach der Macht und dem Profit ausstrecken, vor allem wenn die *Armodis* endgültig als Sieger des Machtkampfes von Platz gehen. Danach gibt es endgültig kein Halten mehr. Der *„Heuschreckenkapitalismus"* wird sich wie eine biblische Plage auf dem ganzen Erdball ausbreiten. Nur das Kapital steht in so einen Fall im Vordergrund. Andere Werte werden komplett bedeutungslos. Keine schöne Erkenntnis, wie ich feststellen muss. Im 19. Jahrhundert wurde ein Manifest zum Thema verfasst, dass sich kritisch mit den sozialen Problemen des Kapitalismus beschäftigt. **„Die Alternativen"**, das politische Sprachrohr der *Armodis*, setzen sich schon seit einiger Zeit dafür ein, dass dieses Buch auf dem Index kommt. Vor kurzem wurden sämtliche Bücher, die unser Wirtschaftssystem kritisieren oder gar infrage stellen, symbolisch von dieser Bewegung verbrannt. Es wurden auf öffentlichen Plätzen Scheiterhaufen errichtet, um die Büchervernichtung vorzunehmen. Purer Hass wurde in seiner schlimmsten und abscheulichsten Form spürbar. Sie lehnen alles ab, was ihrer geistig verdrehten Ideologie widersprach. Der alte Gauleiter hielt bei so einer Veranstaltung eine kleine Rede, um die Aktion zu starten. Ich wurde selbst Zeuge seines Vortrags, den er mit den Worten begann: „Wir vollziehen dieses Ritual, um ein Zeichen zu setzen. Wir wollen, dass Deutschland und die Welt wieder normal wird". Auch der Parteivorsitzende Bernd Höcker war anwesend und meinte: „Wir wollen den Patriotismus in unseren Land zu alter Stärke zurückführen. Dies wird aber nur gelingen, wenn Deutschland mit eiserner Hand geführt wird. Schluss mit dem Öko-Terrorismus! Schluss mit dem arbeitsscheuen Pack! Und endlich Schluss mit dem Impfen! Nur dies bringt Wohlstand für uns alle. Dafür stehen wir als Partei. Niemand darf sich uns in den Weg stellen". Die Massen applaudierten geradezu fanatisch, ohne dass es ihnen vermutlich bewusst war, welche Konsequenzen diese politische Aktion hatte. Oder war es ihnen sogar egal, was daraus resultierte. Mich schockierte es zutiefst, und ein eiskalter Schauer lief mir über den Rücken.

Wieso unternahm die Regierung nichts gegen die fragwürdigen politischen Aktionen? Nichts aus der Geschichte gelernt? Ist dies ein Ausdruck von Schwäche und baldigen Machtverlust? Zumindest machte die Politik viele gravierende handwerkliche Fehler bei der Bekämpfung der Modepandemie. Die zuvor hochgelobte Impfkampagne ist weiterhin ein absolutes Desaster. Sie bekam zunehmend ein Negativimage. Zuletzt gab es beim Vakzin *Astra Zynika* sowie bei *„Jackson & Jackson"* sehr unangenehme Nebenwirkungen, die zuvor in den wissenschaftlichen Studien noch nicht festgestellt wurden. Es traten vereinzelnd Fälle von Demenz mit Todesfolge auf. Der Tod kam nicht schleichend, wie sonst üblich bei Demenz, sondern innerhalb weniger Tage. Virologen wie beispielsweise Dr. Droste versuchten die Situation irgendwie zu retten, indem sie stets mit einem gewissen Pathos äußerten: „Der Impfstoff ist gut und wirksam. Die Chancen überwiegen gegenüber den möglichen Risiken. Die tödliche Demenz tritt nur in extrem seltenen Fällen auf. Ich kann die Impfung mit Astra Zynika sowie „Jackson & Jackson" weiterhin empfehlen. Sich nicht impfen zu lassen, ist deutlich gefährlicher". Dies überzeugt viele Menschen nicht mehr wirklich. Die Aussagen des Wissenschaftlers wirkten eher hilflos statt souverän. Verständlicherweise verbreitete sich viel Angst vor den fatalen Nebenwirkungen, weil niemand in so einen Fall über eine realistische Überlebenschance verfügt. Das Vertrauen in die Wissenschaft ist seit diesem Zeitpunkt in der Gesellschaft bis auf die Grundmauern erschüttert. Wer ist schon gerne Versuchskaninchen der Industrie? Ich bin froh, dass mir ein anderes Vakzin verabreicht wurde. Sonst hätte ich jetzt wie andere auch massive Todesangst. Wir sehen weiterhin sehr schwierigen Zeiten entgegen. Diese Tatsache dringt immer stärker in mein Bewusstsein ein.

Warum klatschten so viele Bürger Beifall bei der Bücherverbrennung? Sie wollen einfach nur ihr ursprüngliches Leben zurück. Es gab zu viele Einschränkungen bei der Ausübung des Berufes oder der Religion. Die Kulturbetriebe oder die Lokale wurden zeitweilig geschlossen wegen möglicher Ansteckungsgefahr. Die Kinder durften teilweise nicht in die Schule. Verreisen nur unter sehr strengen Auflagen. Es gab auch Phasen, da durfte ich mich an bestimmten öffentlichen Plätzen nicht einmal für ein paar Minuten auf einer Sitzbank ausruhen. Tat man es doch, drohte ein extrem hohes Bußgeld, das sich nicht sehr viele Bürger leisten können. Polizisten, die man zuvor als Freund und Helfer betrachtete, nehmen viele von uns heutzutage nur als Bedrohung des Staates wahr.

Ungeimpfte sollen demnächst mehr und mehr gegängelt werden. Nun kommt zusätzlich noch die umstrittene Maskenpflicht. Viele Bürger erkennen für sich keine lebenswerte Perspektive mehr. Die unendliche Geschichte entwickelte sich zu einen Fantasia, dass nun offensichtlich immer stärker bedroht wird. So etwas ist natürlich ein dankbarer Nährboden für **„Die Alternativen"**. Sie präsentierten einfache Lösungen und wecken neue, aber falsche Hoffnungen. Gehässig könnte man an dieser Stelle sagen, dass es hierbei um einen neuen Modetrend handelt. Die Pandemie polarisiert die Menschen und spaltet somit unser Land. Die Massen wurden durch verheißungsvolle Versprechungen nach allen Regeln der Kunst verführt und ließen sich von der gewaltigen Aufmachung blenden. Sie wurden blind für die Dinge, die tatsächlich passierten.

Der soziale Aspekt wurde weitgehend von der Strategie der *Armodis* außer Acht gelassen. Ein Fehler, wie ich feststellen muss. Denn ein politisches System sollte nicht durch die

Freisetzung von Viren, Wünsche wecken, die viele von uns sich trotz harter Arbeit nicht erfüllen können. Irgendwann rasten die Menschen aus und Wargames werden nicht nur unseren Alltag in Form von Computerspielen bestimmen, sondern auch das Leben auf den Straßen. Brutale und blutige Verteilungskämpfe werden entstehen. Es ist nur noch eine Frage der Zeit, wann wir mit massiven Ausschreitungen zu rechnen haben. Der Raubbau an der Natur beschleunigt wohlmöglich diesen Prozess in einem sehr bedenklichen Tempo. Irgendwann erleben wir einen Feuerball der Entrüstung, wobei jederzeit irgendwo die eine oder andere Bombe hochgehen kann. Die Flammen am Horizont werden später nicht mehr zu übersehen sein. Noch profitiert diese politisch fragwürdige Bewegung vom Rausch seiner breiten Anhängerschaft. Die Solidarität zu den Modeinfizierten hält sich bei den Fans stark in Grenzen, ohne dass es ihnen bewusst ist, dass sie selbst schon zum Kreis der Erkrankten gehören. Jedoch die Hoffnung stirbt bekanntlich immer zuletzt. In diesem Zusammenhang erinnere ich gerne an den Ausspruch aus dem Buch von Alexandre Dumas: „Einer für alle. Alle für einen". Für einige mag es vielleicht altmodisch klingen, aber für mich ist es gerade brandaktuell.

Zuhause musste ich nach dieser Aufregung und dem Tod des Rentners erst einmal einen Joint rauchen, um mich nervlich einigermaßen zu beruhigen. Dies hilft mir oftmals beruflichen Stress abzubauen und zu relaxen. Auch der Erfolgsdruck ist eine Zivilisationskrankheit, die ich so versuche in den Griff zu kriegen. Anders könnte ich meinen Alltag nicht mehr bewältigen. Mit Alkohol möchte ich dieses Ziel nicht erreichen. Vielmehr würde es meine Alltagsprobleme eher vergrößern. Zwar heißt es immer, der Morgen stirbt nie, aber trotzdem könnte es zu einer sehr unangenehmen Katerstimmung führen. Vielleicht folgt sogar ein totaler und unkontrollierter Alkoholismus mit fatalen Konsequenzen. Daher trinke ich nur selten etwas, was über hohe Prozente verfügt. Der Todesfall mit dem Jungen auf den Bahnsteig gehört zu den wenigen Ausnahmen, weswegen ich tatsächlich mal stockbesoffen war. Gelegentlich nur ein Glas Rotwein schadet allerdings der Gesundheit nicht. Alles andere vertrage ich eher weniger, um es mal nüchtern zu formulieren. Neulich bei meinen Recherchen im Casino Royale in der Mönckebergstraße wurde mir ein Cocktail aufgezwungen, der mir nicht besonders schmeckte. Der Barkeeper brachte mir, ohne dass ich ihn bestellte, ein Wodka-Martini an den Roulettetisch. Serviert wurde er stets geschüttelt, nicht gerührt, mit einer kleinen Zitronenschale und einer Olive oben drauf. Warum? Ich vermute, es ist eine langjährige Tradition in diesem ehrgenwerten Haus, diesen stark alkohollastigen Drink serviert zu bekommen. Die Wirkung des ekelhaften Modegesöffs war allerdings fürchterlich, ein Albtraum. Am nächsten Morgen ging es mir hundsmiserabel, und ich musste den ganzen Tag nur kotzen. Ich war quasi außer Gefecht gesetzt und lag nur angeschlagen im Bett. In greifbarer Nähe befand sich ein Eimer. Somit konnte ich beim Brechreiz schnellstmöglich reagieren. Es war eine fürchterliche Tortur. Mit einem Joint habe ich hingegen alles unter Kontrolle. Ich bin vollkommen entspannt und verfüge über einen absolut klaren Kopf. Für mich die ideale Lösung, all meine Sorgen und Probleme etwas leichter zu nehmen. Dies bedeutet für mich meist ein Quantum Trost.

Die Modepandemie erlebt wieder eine neue Infektionswelle. Inzwischen müsste man eigentlich schon von einer Dauerwelle sprechen. Die Regierung versucht das Problem dadurch in den Griff zu bekommen, indem der Impfstoff *„Astra Zynika"* nur an bestimmte Personengruppen verabreicht werden soll. Auf diese Weise wird verzweifelt versucht das Image für das Impfen zu verbessern. Inwieweit dies tatsächlich gelingt, bleibt abzuwarten. Trotz einiger Bedenken, setze ich auch weiterhin auf die Impfung. Es ist meines Erachtens die einzige Chance, den Konsumrausch wieder einigermaßen unter Kontrolle zu bekommen. Dabei geht es nicht darum, dass man komplett auf Konsum verzichten soll, sondern er muss im wahrsten Sinne des Wortes auf ein gesundes Maß reduziert werden. Die Dosis macht bekanntlich das Gift. Bei Überdosierung führt es zwangläufig zur Selbstzerstörung mit Todesfolge. Wir beuten uns quasi selbst aus durch emotionale Abhängigkeitsverhältnisse, die im Zusammenhang mit der Infizierung des Virus erzeugt wird. Die Lebensgrundlage, die uns die Natur bietet, darf nicht über Gebühr beansprucht werden, auch wenn **„Die Alternativen"** gerne etwas anderes behaupten. Nun haben wir noch eine letzte Chance, die Welt und somit auch die Menschheit zu retten.

Wir müssen zügig handeln. Die Symptome der Erkrankung nehmen weiter merkwürdige und realsatirische Züge an, die ich eigentlich nicht näher beschreiben möchte, weil es sich für Außenstehende nicht glaubwürdig anhört. Es könnte der Eindruck entstehen, dass ich über zu viel Fantasie verfüge, die mit der Realität nichts zu tun haben. Ich kann es den Zweiflern nicht einmal übelnehmen, da ich es selbst kaum glauben kann. Jedoch entspricht das von mir Beschriebene durchaus den Tatsachen. Denn nach scherzen ist mir ehrlich gesagt nicht zumute. Dafür ist die Lage einfach zu ernst. Außerdem steht meine Berufsehre auf dem Spiel. Ich muss mir weiterhin problemlos in den Spiegel betrachten können.

Beispielsweise wird ein vorläufiger Höhepunkt für eine Vielzahl von Menschen dadurch erreicht, wenn die Mode nun getragen werden muss, da sie jetzt „*in*" ist. Die Farbe des Virus kann blau, rot, grün oder sogar pink sein und scheint in diesem Wirrwarr immer bedeutungsloser und absurder zu werden. Es entwickelt sich hierbei eine Zwangshandlung, die von der Mehrheit der Bevölkerung nicht mehr kontrolliert kann. Dabei ist ihnen meist nicht bewusst, dass sie sich oftmals der Lächerlichkeit preisgeben. Vor kurzem beobachtete mein Berufskollege Kevin Schneider in mehreren Großstädten, dass einige Menschen nackend auf den Straßen spazieren gingen und sich eine Straußenfeder in den Hintern steckten, nur weil es einen aktuellen Modetrend entsprach. Die Luxusausgabe des Straußenfedermodells war zusätzlich mit kleinen Edelsteinen besetzt. „Diamantenfieber" nannte man dieses sonderbare Luxusmodell. Der Modeschrei löste überraschend eine neue große Infektionswelle aus, obwohl schon so viele bereits geimpft sind. Daher konnte ich mir das Ausmaß der neuen Welle nicht erklären. Es gibt mittlerweile eben extrem viele Mutationen des Modevirus. Die Forschung kommt wahrscheinlich nicht so schnell hinterher, um das Vakzin den neuen Varianten zeitnah anpassen zu können. Dies ist möglicherweise eine Wahrheit, die wir wohl oder übel ins Angesicht blicken müssen. Es könnte sich allerdings bei den Infizierten auch um Ungeimpfte handeln. Unterm Strich konnte ich letztlich nur spekulieren. Viele Menschen folgten unabhängig von der Ursache nur wenige Tage später diesem Beispiel und eiferten ihren Vorbildern modetechnisch nach. Bei Kevin löste dieser Anblick anfangs eine gewisse Heiterkeit aus, auch wenn man diese Menschen wegen ihrer schlimmen Erkrankung eigentlich bedauern müsste, vor allem wenn man bedenkt, dass diese merkwürdige Aufmachung viel Geld kostet. Welche seltsamen Eindrücke dabei auf andere Beobachter entstanden sind, kann sich jeder von uns sehr gut vorstellen. Darum gehe ich bewusst an dieser Stelle des Textes auch nicht näher darauf ein. Es würde sonst nur den Rahmen meiner geplanten Berichterstattung sprengen.

Hinterher wurde Kevin bewusst, welches verhängnisvolle Schicksal diese Menschen eigentlich haben, und das Lachen blieb ihm buchstäblich im Halse stecken, was bei ihm ein Schwächeanfall auslöste. Er fiel ohnmächtig zu Boden. Zum Glück war ihm nichts Ernstes passiert. Nur eine kleine Beule am Hinterkopf und leichte Kopfschmerzen blieben als Folge seiner Ohnmacht. Im Krankenwagen wachte er leicht benommen wieder auf. Eine attraktive Sanitäterin soll ihn nett und vielversprechend angelächelt haben, sodass er sich rasch wieder erholte. Für ihn war es das Lächeln der Mona Lisa. Ihr Anblick regte sein Kreislauf an und vermutlich auch einiges mehr. Sie hieß übrigens Jasmin Sommer, eine aufregende Blondine mit sehr ansehnlichen Kurven, wie sie mein Kumpel beschrieb. „Man lebt nur zweimal", dachte mein

Kollege in diesem Augenblick und griff nach der Möglichkeit, die sich ihm bot. Dafür verschob er sogar seine geplante Reise nach Japan, die er schon länger machen wollte. Denn er bekam das Gefühl, seine Pretty Woman getroffen zu haben. Ein schöner Flirt und eine leidenschaftliche Nacht waren das angenehme Resultat dieser ungewöhnlichen Begegnung der dritten Art. Hinterher musste er doch kurzfristig und dringend beruflich ins Ausland verreisen. Er schickte ihr in Form einer Postkarte Liebesgrüße aus Moskau. Er hofft, dass sich etwas Ernstes daraus entwickelt, berichtete Kevin mir später in einer kleinen Kneipe bei einen Glas Rotwein.

Offen gesagt, derart detailliert wollte ich die Einzelheiten seiner Love Story nicht hören, da ich sie mittlerweile ohnehin schon alle kenne. Sie wiederholen sich ständig und enden meist in einer bitteren Enttäuschung. Oft entwickelt sich daraus eine verhängnisvolle Affäre, weil die Frauen wegen seines Berufes nicht so frei über ihn verfügen können. Teilweise wurde er von einigen seiner Eroberungen extrem gestalkt. Offenbar übt Kevin eine hohe Anziehungskraft auf Frauen aus, die zu starker Eifersucht und krankhaften Besitzstreben neigen. Häufig kam es zu einem tragischen Rosenkrieg. Fazit? Die Beziehung kam zu kurz, und die Wege der Liebenden trennten sich wieder. Allein zu Haus heulte Kevin Rotz und Wasser. Einfach unerträglich.

Ich vermisse keinen Beziehungsstress. Die Seelenqualen bleiben mir Gottseidank erspart. Nicht immer ist es unbedingt ein Nachteil, ein Single zu sein. Es langweilte mich bei seiner Erzählung, von seiner neuesten Errungenschaft zu hören. Dennoch unterbrach ich ihn nicht beim Plaudern über seine kleine Möchtegern-Romanze. Ich wollte ihm nicht seine gute Laune und sein kleines Erfolgserlebnis nehmen. Es entstand für mich der Eindruck, dass er es sehr dringend für sein Selbstwertgefühl benötigte. Ich habe zwar zwischendurch auch meine Liebschaften, denn manche mögen es heiß, und Ekstase ist daher kein Fremdwort für mich. Allerdings verspüre ich nicht das Bedürfnis, ständig davon berichten zu müssen. Ich bin eben ein Gentleman, der genießt und schweigt. Und im Gegensatz zu Kevin mache ich mir keine Illusion, denn unser Beruf ist ein Beziehungskiller. Manchmal verspüre ich durchaus Momente der Einsamkeit. Das bestreite ich keineswegs, aber ich muss mir zumindest nicht eingestehen: „Meine Frau ist eine Hexe". Dies hat mir mein Leben in vielerlei Hinsicht sehr erleichtert.

Nun konzentriere ich mich wieder auf den geplanten Artikel. Der international anerkannte Wissenschaftler Prof. Dr. Ulrich Weißgold vom Hamburger Forschungsinstitut für praxisorientierte Früherkennung und Krankheitsvorbeugung hat kurzem festgestellt, dass die Mutationen in Form von neuen Virusvarianten sich in immer größerem Tempo entwickeln. Wir erleben quasi einen Evolutionsprozess im Zeitraffer. Er sieht klar einen Zusammenhang mit dem rasant voranschreitenden Klimawandel. Der menschengemachte Klimawandel wird durch weite Teile der Wirtschaft weiterhin hartnäckig geleugnet. „Die Alternativen" verbreitet als einzige Partei des Bundestages diesen Unsinn mit absoluter Hartnäckigkeit, was ich aber als sehr unmoralisch und verantwortungslos einstufe. Geld regiert mit immer schlimmerem Ausmaß die Welt. Die anderen Parteien halten sich mit ihren Äußerungen zurück, weil sie sich mit der Wirtschaft nicht anlegen wollen. Auf gewisse Spenden will eben keine Partei gerne verzichten. Aus diesem Grund ließ die Politik der Wirtschaft viel in der Vergangenheit durchgehen und verstrickte sich in vielerlei Widersprüche, die sich nicht in Wohlgefallen für die Gesellschaft auflösen ließen. Sie muss einerseits die Pandemie in den Griff kriegen und andererseits will man es sich mit der Wirtschaft nicht verscherzen, weil man abhängig von ihr ist. Es wird versucht, eine Balance der Interessen herzustellen. Gleichzeitig versucht die Politik verstärkt Kontakte zu den Teilen der Wirtschaft aufzubauen, die auf mehr Nachhaltigkeit setzt. Gelingt diese Mamut-Aufgabe? Ich habe offengesagt große und vermutlich auch berechtigte Zweifel, ob dies tatsächlich gelingt. Denn der Druck gewisser Wirtschaftsverbände wächst kontinuierlich, da „Die Alternativen" an Einfluss gewinnen.

Der Professor vertritt die Auffassung, dass wir in jedem Fall nachhaltiger wirtschaften müssen. Deshalb müssen wir die Pandemie mit allen Mitteln bekämpfen. Sonst nimmt es Ausmaße an, die wir nicht mehr kontrollieren können. Die Folgen werden sonst immer fataler. Dieses Ziel wird seines Erachtens nur durch das Impfen erreicht. Er hat den Impfstoff entscheidend und bahnbrechend weiterentwickelt, sodass er vermutlich auch gegen neue Virusvarianten weitreichend schützt. Es könnte durch der langersehnte Durchbruch sein. Als Idealist meinte er, dass jeder Mensch ein Anrecht auf diese zukunftweisenden Informationen hat. Die Wissenschaft muss aus seiner Sicht Verantwortung für die Gesellschaft übernehmen. Darüber hinaus darf die Forschung sich nicht von der Wirtschaft und der Politik missbrauchen lassen. Darum ging er mit dieser sensationellen Entdeckung an die Öffentlichkeit und wandte sich an die Medien. Dies stellte sich offensichtlich als ein großer Fehler heraus. Nur ein Tag später wurde er in der Nähe seines Hauses fast von einem Auto überfahren. Zufall? Daran glaube ich ehrlich gesagt nicht. Ich führte ein vertrauliches Interview mit dem Professor im privaten Arbeitszimmer seines Hauses. Allerdings, um dieses Gespräch zu bekommen, musste ich nach längerer Zeit wieder in eine meiner zahlreichen Verkleidungen schlüpfen. Ich nahm die Tarnidentität des britischen Wissenschaftskollegen Dr. No an.

Verständlicherweise verspürte der Professor nach dem Vorfall vor seiner Haustür große Angst. Genauer gesagt empfand er unübersehbar eine Todesangst. Er deutete mir nach einem gemeinsamen Glas Rotwein an, dass er schon mehrere Morddrohungen erhielt und nun um sein Leben fürchtet. Für mich wurde klar erkennbar, dass ihm das vermeintliche Attentat sehr zu schaffen machte. Sein Gesicht wurde leichenblass, und die Augen zeigten dunkle Ringe. Auch der Angstschweiß, der von seiner Stirn tropfte, blieb von mir nicht unbeobachtet. Er ging nervös und wie von einer Tarantel gestochen umher. Ruhig sitzen konnte er nicht. Die nervlich angespannte Situation nahm ihn emotional sehr mit. Dennoch wollte er sich nicht entmutigen lassen, und er gab mir zu verstehen, dass er seinen Weg unbeirrt weitergehen möchte. Demnächst wollte er mir weiteres Forschungsmaterial über das Phänomen Mode zukommen lassen, was mir bei meinen geplanten Artikel zu diesem Thema weiterhelfen könnte. Es soll weitere sensationelle Enthüllungen beinhalten. Meine Neugier wuchs, und ich fragte nach dem Inhalt des Materials. Der Wissenschaftler erwiderte nur, dass ich mich überraschen lassen soll. Ich kam mir vor wie ein kleiner Junge, der zu Weihnachten ungeduldig auf die Bescherung wartet. Ich mag solche Augenblicke nicht besonders. Für mich war es dennoch eine besondere Ehre und Auszeichnung, dass er mir so viel Vertrauen während des Gespräches entgegenbrachte, obwohl wir uns noch nicht allzu lange kannten. Gleichzeitig bewunderte ich seine Gradlinigkeit und Aufrichtigkeit. Solche Eigenschaften sind heutzutage eher eine Seltenheit. Sie sind sozusagen aus der Mode gekommen. Ich schäme mich, dass ich ihn wegen meiner Identität belogen habe. Es war für ihn nicht ganz ungefährlich, mir das Interview zu geben, das darüber hinaus auch noch kurzfristig angesetzt war. Momentan kann er mir dieses brisante Material nicht geben, da es sich noch in einen Versteck im Labor des Institutes befindet. Außerdem stand er unter strengster Beobachtung und wurde stark bespitzelt. Selbst das Internet und die Handynetze unterlagen der totalen Überwachung. Geheimdienstaktivitäten sind in diesem Zusammenhang nicht völlig ausgeschlossen. Der Geheimbund übt auch in diesem Bereich schon einen gewissen Einfluss aus, wie bereits erwähnt. Diese Realität drang augenblicklich immer stärker in mein Bewusstsein ein. Dies erschwert den Zugang zu den empirischen und wissenschaftlichen Daten.

Hinterher hieß es in den Nachrichten, dass ein besoffener Autofahrer, der Fahrerflucht begann, beinahe den weltberühmten Wissenschaftler auf offener Straße überfahren hat.

Meines Erachtens entspricht dies nicht ganz der Wahrheit, um es mal vorsichtig auszudrücken. Woher erhielten die Medien die Informationen über den angeblichen Fast-Unfall? Und woher sollen sie zusätzlich wissen, ob der Autofahrer tatsächlich Alkohol im Blut besaß. Irgendetwas ist faul, soviel steht bereits für mich fest. Wie weit reicht der Einfluss des Geheimbundes? Was wird hier für ein falsches und vor allem für ein bösartiges Spiel betrieben? Zumindest ist es ein Spiel mit verdeckten Karten. Wer besitzt die entscheidenden Trümpfe? Schwer zu durchschauen. Nicht grundlos wird Weißgold einen privaten Sicherheitsdienst angeheuert haben. Ansonsten wäre der Wissenschaftler sicher längst tot. Es ist bisher auch nicht wirklich ersichtlich inwieweit die Medien in diesem Komplott verstrickt sind. Ich hoffe, dies wird sich bald herausstellen. Dabei muss ich wissen, wem ich jetzt noch in dieser Angelegenheit vertrauen kann.

Einen erneuten Kontakt mit Weißgold konnte ich bisher nicht wiederherstellen. Unnötiges Aufsehen oder ein überhasteter Schritt sollte jetzt unbedingt vermieden werden. Ich will mich und diesen Mann nicht unnötig durch Leichtsinn oder Ungeduld in Gefahr bringen. Und er verfügte von seiner Seite auch über keine Chance, mich in irgendeiner Form aufgrund der strengen Überwachung zu kontaktieren. Ich darf mich nicht verrückt machen lassen oder mich in etwas hineinsteigern. Es entstehen sonst Ängste, die mich im Handeln blockieren oder mich zu einem unverzeihlichen Fehler verleiten. Ein erneuter Auftritt als britischer Wissenschaftler Dr. No würde hier jetzt auch nicht weiterhelfen. Dafür wird er zu gut überwacht.

Positiv ist nur die Tatsache, dass der Geheimbund Weißgold nicht einfach kaltblütig ermorden kann. Dafür steht er als anerkannter Wissenschaftler zu stark im öffentlichen Rampenlicht. Dieses Risiko kann die Organisation zurzeit nicht eingehen. Also müssen sie seinen geplanten Tod als einen Unfall tarnen. Vielleicht liegt darin eine Chance, heil aus der Sache herauszukommen und obendrein das wissenschaftliche Material zu erhalten. Zumindest ist es eine Idee, die ich im Hinterkopf behalten werde. Aktuell spielen wir so etwas wie eine mörderische Schachpartie. Der Einsatz ist hierbei unser Leben. „Bloß keinen übereilten Zug machen", sukgestierte ich mir selbst ein. Daher warte ich zunächst ab und rauche erst einmal wieder einen Joint. Es hilft mir, einen kühlen Kopf zu bewahren. „Augenblicklich kann ohnehin nichts unternommen werden", dachte ich laut. Schließlich bin ich nicht im Geheimdienst ihrer Majestät tätig oder der Spion, der aus der Kälte kam. Um kaltblütige Morde zu begehen oder um wilde Verfolgungsjagden durchführen zu können, bin ich ohnehin nicht ausgebildet worden. In dieser Hinsicht ist die Gegenseite mir gegenüber deutlich im Vorteil. So ein Last Action Hero gibt es meist sowieso nur im Kino oder im Fernsehen und hat normalerweise nichts mit der Realität zu tun. Das Agententum ist nicht mein Business, sondern Enthüllungsjournalismus. Wahrheiten aufdecken ist meine Aufgabe, nicht sie zu verbergen. In meiner Lage schwanke ich gedanklich zwischen der Todesangst, die mich quälerisch verfolgt, und meiner gesellschaftlichen Verantwortung. Ich versuche jetzt, die richtige Entscheidung für mich zu finden. Der Gedankenprozess ist bei mir noch nicht völlig abgeschlossen. Ich weiß nur, dass ich mich bald entscheiden muss.

Das Essay, das mir der Professor heimlich zustecken konnte, legte weitere Erkenntnisse über das Modevirus offen. Viele Viren erweisen sich als Wiederholungstäter. Denn sie treten in bestimmten zeitlichen Intervallen immer wieder auf und führen zu großen Ansteckungswellen. Viele von ihnen stecken sich ein zweites Mal mit der gleichen Virusvariante an. Bedeutet im Klartext: „Der Immunschutz hält bei den Genesenen nicht lange an". Dies zeigt sehr deutlich, dass der Impfstoff bisher noch nicht voll ausgereift ist. Notgedrungen muss man sich spätestens ca. alle sechs Monate neu impfen lassen, um die Pandemie dauerhaft zu bekämpfen. Eine schwierige Gradwanderung. Zweifel entstehen.

Es ist oft ein Virus unter dem schon die Eltern und teilweise sogar die Großeltern gelitten haben. Jedes Mal wird er als etwas Neues und Einzigartiges auf dem freien Markt angepriesen. Die Menschen geraten jedes Mal in einen neuen Kaufrausch. Sie werden die Virusplage einfach nicht mehr los. Unerträgliche Seelenqualen und schlaflose Nächte sind hierbei die verhängnisvollen Konsequenzen. Die Mehrheit der Bevölkerung steht diesem Horrortrip sehr hilflos gegenüber. Sie haben ohne Impfung keine reale Chance gegen diesen teuflischen Virus. Denn er ist sehr resistent, sodass er häufig ein unerwünschtes *Comeback* feiern kann. Sämtliche Therapieansätze, auch die von Natur-Heilpraktikern, sind im Vorwege bei den Infizierten gescheitert. Daher meint Weißgold in seiner Analyse, dass die Regierung zu wenig Geld und Zeit in die Erforschung von Medikamenten investiert hat, die die Krankheitssymptome lindert oder sogar bekämpft. In der Pandemie-Bewältigung wären wir mit einem guten Medikament ein deutliches Stück weiter. Er geht davon aus, dass die Wirtschaft ihre Finger im Spiel hält, da sie eigene Interessen vertreten. Somit sind wir wieder bei den *Armodis.* **„Die Alternativen"** haben im Bundestag alle Anstrengungen unternommen, um zu verhindern, dass weitere Gelder für die Erforschung von Medikamenten freigegeben werden. Sie begründeten es damit, dass wir die „*Schuldenbremse*" einhalten müssen. Die hohe Staatsverschuldung wäre aus ihrer Sicht absolut unverantwortlich und verfassungswidrig. Die Erforschung des Impfstoffes hat laut Begründung dieser dubiosen Partei uns schon mehr als genug Geld gekostet. Sie klagten vor dem Bundesverfassungsgericht. Leider mit Erfolg, wie ich feststellen musste. Der Einfluss des Geheimbundes wird immer größer.

Die Hoffnung auf Genesung ist daher sehr gering. Und alles nur wegen maßlose Macht- und Geldgier. Ein erschreckendes Szenario, dass ich sowohl gedanklich als auch emotional am liebsten verdrängen möchte. Bestimmte Teile der

Wirtschaft verspüren kein Interesse daran, dass die Betroffenen Hilfe erhalten. Eher im Gegenteil. Infizierte sind potenzielle Kunden, die man weiter ähnlich wie Drogenabhängige ausbeuten kann. Alle Hebel werden in Bewegung gesetzt, damit ihre egoistischen Motive und ihre diktatorischen Ziele ohne Rücksicht auf Verluste durchgesetzt werden. Dabei gehen sie nicht nur sprichwörtlich über Leichen. Die Sterblichkeitsrate stieg immens. Niemand darf davor seine Augen verschließen, sonst gibt es keine berechtigte Hoffnung auf eine bessere Welt. Es würde nur ein „Weiter so" geben und zwar bis zum bitteren Ende.

Erschreckenderweise muss ich bei dieser Berichterstattung auch feststellen, dass viele Vieren nicht nur aus unserer Heimat kommen, sondern auch aus fremden Ländern eingeschleppt werden. Dadurch ist es letztlich auch zu einer Pandemie geworden. Die Ankunft dieser Seuchenüberträger aus dem Ausland ist inzwischen für jedermann sichtbar. Sie breiten sich bedrohlich schnell auf dem europäischen Kontinent aus und werden zu einer unerträglichen Plage, die sich, wenn überhaupt, nur schwer wieder beseitigen lässt. Für mich ist dieser Umstand zumindest ein Indiz dafür, dass Mitglieder des Geheimbundes internationale Abkommen mit anderen Ländern bezüglich dieser süchtig machenden Seuchen getroffen haben. Unsere Regierung konnte außenpolitisch nichts dagegen unternehmen. Sie ist schon sehr lange Zeit geschwächt.

Die *„Maskenaffäre"* des Gesundheitsministers machte ihr zuletzt arg zu schaffen. Es geht schon länger das Gerücht, dass die Masken nicht ausreichend vor den tückischen Viren schützen. Denn J.S. blamierte sich vor den laufenden Kameras. Er stieg ohne Maske in einen Fahrstuhl mit ungefähr zehn Personen, die ebenfalls keine Masken trugen. Große Teile der Bevölkerung haben es live im Fernsehen miterlebt. Für viele Bürger der Beweis, dass der Schutz durch die Maske ein vorsätzlicher Schwindel ist. Somit ist wohlmöglich die Maskerade der arglistigen Täuschung gefallen, zumindest aus Sicht der politischen Gegner. Damit spielte der Politiker, der ab sofort den zusätzlichen Beinamen „der Unfähige" erhielt, der Gegenseite fast unerwartet eine spielentscheidende Trumpfkarte zu. Er entschuldigte sich zwar artig, aber konnte keine plausible Begründung für sein Fehlverhalten abgeben. Genau wie die amtierende Kanzlerin wird er zweifelsfrei demnächst ein weiteres Bauernopfer sein. Für die Regierung wird es immer schwieriger, sich zu halten. Der Putsch naht. Die Tatsache, dass in den Medien immer weniger über die Pandemie und den damit verbundenen Klimawandel berichtet wird, könnte ein weiterer Hinweis für meine Vermutung sein. Es sind alles Belege dafür, dass die *Armodis* ihrem Ziel, die Weltherrschaft zu erlangen, einen deutlichen Schritt näher gekommen sind. Diese Dinge kann ich noch nicht eindeutig beweisen, aber ich werde alles dransetzen, dieses Ziel zu erreichen. Denn aus meiner Sicht herrscht Alarmstufe rot. Das Schiff droht zu sinken.

Einer der schlimmsten Viren kam vor einiger Zeit aus dem USA zu uns herüber, einem Land der sogenannten unbegrenzten Möglichkeiten. Es trat ein gewisses Fledermaussyndrom auf. Der Auslöser für diesen Krankheitserreger war ein Film mit einer Fledermaus. Dabei wurde zusätzlich noch der Joker ins Spiel gebracht, um die Erfolgschancen zu erhöhen. Nichts durfte schieflaufen. Die Folgeerscheinungen, die daraus resultierten, hatten für viele Menschen, insbesondere für Kinder und Jugendliche, schwerwiegende Konsequenzen. Kaum jemand konnte sich den Besitzstreben wirklich entziehen. Die Gier nach Eigentum nahm monströse Züge an. Es war völlig unwichtig in diesem Kontext, ob für diese Dinge tatsächlich eine Lebensnotwendigkeit bestand. Von diesem hässlichen Nachttier wurden Anhänger, Kinderspielzeug, T-Shirts, Poster, Aufkleber usw. gekauft. Existenzängste und Entzugserscheinungen, wie man sie eigentlich nur von Drogensüchtigen kennt, sollen bei einigen Personen verstärkt aufgetreten sein. Die Vereinigten Staaten wurden stark dafür kritisiert, dass sie keine Pandemie-Schutzmaßnahmen ergriffen haben, was wiederum zu vielen

Todesopfern führte. Es entstanden Massengräbern, die uns außenstehenden Beobachtern in Schockstarre versetzte. Jedoch der US-Präsident Donald Trump jr. kommentierte grinsend auf Wahlplakaten unbeeindruckt: **„Making America Great Again".** Dieser Mann kennt vor lauter Profitgier keine Skrupel. Vermutlich weil der Politiker nachweislich selbst am Virus erkrankt ist, besitzt diese narzisstische Persönlichkeit auch nicht über ein moralisches Gewissen. **„Die Alternativen"** sind absolute Fans von diesem bereits ergrauten Mann, was nicht verwunderlich ist. Denn nicht ohne Grund heißt es: „Gleich und gleich gesellt sich gerne". „Arschlöcher der Welt vereinigt euch", fällt mir hierbei noch zusätzlich ein. **„Die Alternativen"** gehen in ihrer Zuneigung sogar so weit, dass sie ihn im Wahlkampf offenbar kopieren wollen. Sie behaupten im Vorfeld, dass aus ihrer Sicht bei den Briefwahlen betrogen werden soll. Dafür können sie zwar keinen Beweis antreten, aber gehen in dieser Angelegenheit trotzdem vor Gericht. Ob sie Erfolg haben werden, ist schwer zu sagen. Mittlerweile schließe ich gar nichts mehr aus. Das Spiel um die Macht kommt allmählich in seine heiße Phase.

Für außenstehende Beobachter ist zwar das Gesagte wenig verständlich, vielleicht sogar absurd, aber dennoch entspricht diese Berichterstattung der bitteren Realität, die wir entgegensehen müssen. Denn solche Viren werden erstaunlich häufig aus dem Land der unbegrenzten Möglichkeiten freigesetzt. Für mich ist bereits der Eindruck entstanden, dass ein Entkommen ohne Impfung aussichtslos ist. Selbst unsere Sprache ist schon der des Virus angepasst. Dieser Zusammenhang lässt ein Zitat von Norman Mailer, einen Autoren aus dem Vereinigten Staaten, ins Gedächtnis rufen: „Die Geschichte der Welt ist ein Drehbuch von miserabler Qualität". Kann uns diese Erkenntnis zu einer Veränderung unseres Lebens führen? Diese Frage muss sich jeder selbst beantworten.

Jedoch gibt es in letzter Zeit auch Lichtblicke in unserer Gesellschaft. Sogenannte Aktionskünstler, die sich die *„Kul-*

turschaffenden" nennen, sprühen überall in bunten Farben und kreativen Schriftdesign in Hamburgs Einkaufscity die Parole: „Geist ist geil". Genauso sehe ich Maskenträger mit dem Aufdruck *„Diktatur"* in den Straßen herumlaufen. All diese Aktionen sind zweifelsfrei Ausdruck des intellektuellen Protestes. Es scheint sich eine junge Opposition zu entwickeln, die sich gegen die wirtschaftlichen und politischen Diktate zur Wehr setzen. Lassen sie sich wohlmöglich zur Bundestagswahl aufstellen? Wenn ja, welche Chancen hätten sie in den Bundestag zu kommen? Und was können sie im Falle eines Wahlerfolges bewirken? Kann ich alles zurzeit nicht beantworten. Zumindest haben sie in den Medien eine gewisse Aufmerksamkeit erreicht. Natürlich werden sie politisch an den Pranger gestellt. Man bezeichnet sie als gefährliche und geistesgestörte Spinner, die unsere Demokratie infrage stellen. Wie stark die Widerstandsbewegung tatsächlich ist, müssen wir zunächst abwarten. Dennoch habe ich Zuversicht bekommen, vielleicht auf Gleichgesinnte zu treffen. Es gibt mir Kraft, meinen Weg weiterzugehen, unabhängig davon, wie beschwerlich dieser sein wird. Der Trend zum diktatorischen Regime muss auf jeden Fall durchbrochen werden. Die zunehmende Versklavung unserer Gesellschaft ist die Konsequenz unseres Alltags geworden. Daher brauchen wir eine große gesellschaftliche Veränderung. Dafür benötige ich stichhaltige Beweise, um das Modekomplott aufzudecken. Nur so kann ich die Menschen von ihrem zombieähnlichen Dasein erlösen. Der Nebel des Grauens muss sich endlich wieder lichten! Die Partei **„Die Alternativen"** übernimmt sonst das politische Ruder in unserem Land. Möchten wir dies tatsächlich?

Ich fasse noch einmal die wesentlichen Fakten zusammen. Offiziell leben wir nachwievor in einem demokratischen Rechtsstaat, in dem die sogenannten Volksvertreter durch die Bürger gewählt werden. Tatsache ist aber, dass wir zwei politische Lager haben, die mit diktatorischen Mitteln operieren. Sie führen einen unbarmherzigen Krieg gegeneinander. **„Die Alternativen"** zelebrieren den totalen Kapitalismus in unserem Land und nehmen dafür die Zerstörung unseres Planeten im Kauf. Und die anderen wollen eine gemäßigte Form des Kapitalismus, was auch oberflächlich betrachtet, erstrebenswert ist. Allerdings bedienen sich politischer Mittel, die unsere Grundrechte massiv einschränkt. Alles wird nur über Verbote und Vorschriften geregelt. Dies führt zu psychischen und sozialen Schäden. Ihre Vorstellungen sind in weiten Teilen zu radikal. Die Menschen erkennen daher keine Perspektive mehr und werden dadurch teilweise sogar in den Selbstmord getrieben. Aus diesem Grund ist ein politischer Umschwung zu befürchten, der nicht wirklich wünschenswert ist. Die Dunkelmänner, die im Hintergrund die Fäden ziehen, gehören einem Geheimbund namens *Armodis* an, der bereits weltweit agiert und die Gesellschaft nach seinen Vorstellungen manipuliert. Unsere Demokratie wird regelrecht unterlaufen und langsam aber sicher zerstört. Der neue Kanzler könnte der Wirtschaftsguru Bernd Höcker werden. Überall sind bereits Wahlplakate mit seinen Gesicht zu sehen. Natürlich kandidiert er für **„Die Alternativen"** mit der Aufschrift: „Wir sind normal".

Die Menschen werden durch die Freisetzung gewisser Moderiven in fatale und erschreckende Abhängigkeitsverhältnisse getrieben, die sie zu willenlosen Geschöpfen der Gesellschaft machen. Diese Tatsache ermöglicht ihre totale Ausbeutung. Wirtschaft, Politik und wohlmöglich auch der Geheimdienst sind darin verwickelt. Es gibt eine geheime Namensliste über die Mitglieder dieser Organisation. Genauso gibt es einen Partnerschaftsvertrag, der die Existenz des Geheimbundes beweist. Der Wissenschaftler Prof. Dr. Ulrich Weißgold hat möglicherweise einen Impfstoff entwickelt, damit wir endlich die Pandemie beenden können. Dieser Mann steht unter Beobachtung und ist nur knapp einen Mordanschlag entgangen. Es ist ungewiss, wann ich all diese Unterlagen erhalte. Meine Recherchen stehen insgesamt auf sehr wackeligen Füßen. Was in diesem Zusammenhang meine Arbeit besonders erschwert, ist die Tatsache, dass es bei diesem Komplott sehr viele graue Zwischentöne gibt. Es ist keine reine Schwarz-Weiß-Betrachtung mehr möglich. Diese Komplexität ist für unsere Gesellschaft eine hochexplosive und gefährliche Mischung, die einen gewaltigen Knall auslösen kann, dessen Auswirkungen noch nicht absehbar sind. Hierbei stellt sich mir die Frage, ob die Medien mir helfen, diesen Skandal an die Öffentlichkeit zu bringen. Ihre Rolle ist in diesen unruhigen Zeiten allerdings ebenfalls schwer einzuschätzen. Eventuell kann ich aber ein paar Kontakte von früher reaktivieren, um die Situation besser beurteilen zu können. Dies mindert mein Risiko, ermordet zu werden.

Dass ich in akuter Lebensgefahr schwebe, spüre ich immer intensiver. Trotzdem sage ich entschlossen zu mir selbst: „Keine Zeit zu sterben. Zumindest nicht jetzt. Ich muss erst die Welt retten". Für einige einflussreiche Leute bin ich so etwas wie ein Spielverderber, den sie schnell loswerden müssen. Meine Wohnung wurde schon mehrfach durchsucht, in der Hoffnung belastendes Material über sich zu finden, dass sie vernichten können. Ebenso erhielt ich Morddrohungen über das Handy. Woher kennen sie bloß meine Nummer und meine Adresse? Nur einige wenige Vertraute kennen meine Privatnummer und mein jetziges Domizil. Und kaum jemand weiß, dass ich einen Artikel über das Phänomen Mode beabsichtige. Gibt es einen Verräter in den eigenen Reihen? Kann ich meinen Freunden und Kollegen überhaupt noch vertrauen? Alles beängstigende Fragen, die ich nicht beantworten kann. Das Erkennen der Gefahr könnte mir aber am Ende das Leben retten.

„Für den Geheimdienst bin ich der Mann, der zu viel wusste", dachte ich, als ich die 39 Stufen zu meiner Wohnung heraufging. Die Vögel lauern überall auf ihre menschliche Beute und wollen mich ohne Zweifel ermorden, nur weil ich unangenehm laut werden könnte. Das ist einfach nur purer Psycho für mich. Aus diesem Grund ist es wenig ratsam, meine Zeit jetzt unter der Dusche zu verbringen. Eine Flucht ist nun unvermeidbar. Meinen Oldtimer, den alten Aston Martin DB 5, kann ich dafür allerdings nicht nehmen, weil es als Fluchtauto zu auffällig wäre. Das Sportmobil kennt vermutlich jeder und erregt zu viel Aufsehen auf den Straßen. Nützlich wäre das Gefährt nur, wenn es über die typische Agentenausstattung wie beispielsweise kugelsichere Scheiben, Raketen, Nebelwerfer, Ölsprüher und sonstige Extras verfügen würde, was aber leider nicht zutrifft. Deshalb werde ich gezwungen sein, in nur 60 Sekunden einen anderen Wagen zu knacken, um schnell zu verschwinden. Fremde Autotüren zu öffnen, habe ich bei einen meiner Undercover-Einsetze gelernt. Ich schleuste mich bei einer Autodiebbande ein, um Insiderinformationen für einen Artikel zu erhalten.

Diese Erfahrung könnte mir durchaus das Leben retten. Ich bin heilfroh, dass heute nicht Freitag der 13. ist, sonst müsste ich zu allen Überfluss auch noch abergläubisch werden. Momentan fühle ich mich wie Kimble auf der Flucht. Natürlich versuche ich mich nicht einschüchtern zu lassen und setze meine Recherchen fort. Allerdings werde ich ab sofort ausschließlich undercover arbeiten. Sicher ist sicher. Ich habe genügend Verstecke, um Unterschlupf zu finden. Dies erhöht meine Chancen zu überleben. Ich muss aufpassen, dass mir keiner folgt. Heute weiß ich noch nicht, wann ich über genügend Beweise verfüge, um damit an die Öffentlichkeit gehen zu können. Vielleicht sollte ich zur richtigen Zeit mit den *„Kulturschaffenden"* Kontakt aufnehmen. Das ist vermutlich sicherer als die öffentlich rechtlichen Medien. Noch bin ich unsicher, ob ich noch lebend aus der Sache herauskomme. Ich befinde mich in tödlicher Mission. Dennoch gibt es kein Zurück mehr. Ich werde alles Notwendige unternehmen,

um Erfolg zu haben. Wann dies aber der Fall sein wird, ist noch ungewiss. Es geht in die entscheidende Schlacht. Das Finale naht.

Ende?

Weitere „Corona-Enthüllungen"

Anmerkung:

Zwischenzeitlich sind einige Gedichte nicht mehr tagesaktuell, stellen aber aus meiner Sicht biografische Zeitdokumente dar, die nichts von ihrer Brisanz verloren haben.

Veröffentlicht wurden sie, damit wir aus den Fehlern der Vergangenheit lernen und sie möglichst nicht wiederholen.

Die Entstehungszeitpunkte der einzelnen Gedichte werden in diesem Buch zwecks Nachvollziehbarkeit gesondert für den Leser unterhalb des Haupttextes aufgeführt.

Viel Spaß beim Weiterlesen.

Der Autor

Corona und die Rückkehr in die Normalität?

„Keine Überlastung des Gesundheitswesens", heißt immer noch die aktuelle und offizielle Devise des Staates.

Aus meiner Sicht der einzig akzeptable Grund, um das seelische und finanzielle Leid, dass der Lockdown zweifelsfrei bei uns allen bisher auslöste, zu ertragen.

Jedoch darf niemand an dieser Stelle verschweigen, dass die Politik es versäumte die Pflege- und Altenheime ausreichend zu schützen und stattdessen lieber Lockdown mit lauter wirkungslosen Placebos machte, was wiederum für eine Überfüllung der Krankenhäuser mit fatalen Folgen sorgte.

Nun ist vorerst die Gefahr gebannt, da die Älteren geimpft sind, aber trotzdem geht die Angstmacherei der Politik und der Medien weiter, sodass den Nicht-Geimpften mit neuen Einschränkungen und gesellschaftlicher Ausgrenzung gedroht wird.

Außerdem steckt die Politik die Messlatte für die Rückkehr in die Normalität immer höher, wobei aus unerreichbaren Inzidenzwerten jetzt unrealistische Impfquoten geworden sind.

„Entsteht am Ende daher doch eine dauerhafte Corona-Diktatur"?

(Juli/ 2021)

(Anmerkung: Die aktuelle Corona-Politik erweckt auf mich den Eindruck, dass niemand merken soll, dass es vorerst auch ohne ein Großteil der Maßnahmen geht. Entwickelt sich daher ein Dauerzustand der Pandemie? Sollen wir uns wohlmöglich daran gewöhnen, dass wir zumindest für sehr lange Zeit in einen Krisenmodus mit schmerzhaften Lebenseinschränkungen im sozialen, psychologischen und wirtschaftlichen Bereich leben müssen? Eine Perspektive ist zumindest aus meiner Sicht zurzeit nicht erkennbar. Ein Armutszeugnis der sogenannten etablierten Politik.)

Corona und die Glaubwürdigkeit der Politik

Fakt ist: „Zentrale Versprechen der Politik werden in Bezug auf Corona nicht eingehalten".

Vize-Kanzler Scholz versprach: „Schulen werden als Letztes geschlossen, als Erstes geöffnet".

Realität ist aber: „Mit dem Argument, es handelt sich nur verlängerte Ferien, wurden die Schulen am Ende doch vorzeitig geschlossen".

Kanzlerin Merkel behauptete bisher: „Es wird keine Impfpflicht geben".

Tatsache ist jedoch: „Die Corona-Hardliner bringen sich bereits in Stellung und wollen diesem Beschluss wieder aufweichen".

Außerdem hieß es: „Wenn allen ein Impfangebot gemacht wurde, werden die Maßnahmen fallen".

Stattdessen: „Kanzleramtschef Braun droht Nicht-Geimpften mit weiteren Einschränkungen".

(Juli/ 2021)

(Anmerkung: Die etablierte Politik verspielt demnächst endgültig ihre Glaubwürdigkeit. Aus meiner Sicht pures Gift für unsere Demokratie in Deutschland und vielleicht sogar in Europa. Macht nicht gerade diese Form

der politischen Verlogenheit die AfD sowie andere Rechtsextreme unnötig stark? Hoffentlich nicht.

Die Unzufriedenheit in der Bevölkerung nimmt in jedem Fall spürbar zu. Kommt es daher beispielsweise bei einer Einführung eines generellen Impfzwangs zu gewaltsamen Ausschreitungen? Erwarten uns vielleicht sogar bürgerkriegsähnliche Zustände in Form von Straßenschlachten wie teilweise in Niederlanden? Die Situation wird immer unberechenbarer.

Die Inkompetenz der verantwortlichen Politiker tritt immer häufiger als Krankheitssymptom in der Öffentlichkeit auf. Wohin wird es uns am Ende führen?)

Corona und die Maskenfolter

Kaum Ruhe zum Einkaufen, da ich bereits seit 30 Minuten notgedrungen eine Maske trug, weil der Staat es von mir verlangt.

Schlagartig überfiel mich eine Panikattacke im Supermarkt, weil ich keine Luft mehr bekam, sodass ich sehr zügig die Bezahlung meines Einkaufes abwickeln musste.

Stresssymptome in Form von Schweißausbrüchen machten sich an der Kasse bei mir bemerkbar, wobei ich darauf achten musste, nicht endgültig die Selbstkontrolle zu verlieren, denn die Gefahr, von meinen Mitmenschen verbal, vielleicht sogar körperlich gelyncht zu werden, wäre sonst sehr groß.

Im rasanten Tempo verließ ich den Supermarkt, in der Gewissheit, mir endlich diese fürchterliche und widerliche Maske vom Gesicht reißen zu können, mit dem Ziel, meinen Körper wieder ausreichend Sauerstoff zuführen zu können.

Zuhause spürte ich die Erschöpfung im vollen Umfang, mit dem Ergebnis, stundenlang nichts mehr machen zu können, und unerträgliche Kopfschmerzen machten mir zusätzlich arg zu schaffen.

Daher die berechtigte Frage: „Ist die Maske, wie allgemein behauptet, tatsächlich gesundheitlich völlig unbedenklich"?

(Juli/ 2021)

(Anmerkung: Ich streite nicht ab, dass die Maske das Risiko einer sogenannten Tröpfcheninfektion verringert. Es ändert aber nichts an der Tatsache, dass die Maske auch unangenehme Nebenwirkungen hat.

Wenn ich daher den Satz höre „ Das Tragen einer Maske tut nicht weh", legt man bei mir zweifelsfrei den Finger auf die Wunde und verursacht höllische Schmerzen, die für mich unerträglich sind.

Denn der Plastikmüll, der dabei eingeatmet wird, kann durchaus gesundheitliche Spätfolgen verursachen, da in Maskengewebe nachweislich Plastik eingearbeitet ist. Aus meiner Sicht ist diese Realität nicht von der Hand zu weisen.

Trotzdem gibt es *„Maskenfanatiker"*, die politisch die Macht haben, uns diese Form der Erkrankungen aufzuzwingen. Vermutlich sterben zwar weniger an Corona, aber dafür zukünftig wahrscheinlich mehr an Organschäden.)

Corona und der ewige Lockdown   Teil 1

„Droht uns trotz einiger vielversprechender Impfstoffe ein weiterer Lockdown"?

Zumindest behauptet die Politik nachhaltig mit einer gewissen Bissigkeit: „Die bisherigen Maßnahmen wirken, und Lockerungen sind gefährlich".

Außerdem ist zweifelsfrei nachweislich die Impfschnecke in Deutschland wieder heimisch geworden, sodass die Inzidenzwerte erneut steigen.

Deshalb haben sich die Medien wieder in kriegerischer Kampfstellung gebracht und verkünden sensationslüstern in bereits gewohnter Manier die vierte Infektionswelle des Schreckens mit tausenden von Grabsteinen, die zukünftig unsere Friedhöfe pflastern werden.

Die Einstimmung auf die nächsten gesellschaftlichen Lebenseinschränkungen sind in Form von seelischer Folter erfolgt, sodass die Frage entsteht: „Wo führt uns der Weg letztlich hin"?

„Lockdown forever"?

(August/ 2021)

(Anmerkung: Fakt ist: „Die Impfkampagne ist weitgehend gescheitert". Die Bürger müssen die Folgen der politischen Inkompetenz wohlmöglich weiter ertragen. Jedoch können wir uns nicht dauerhaft einem Regime

154

nach Zahlen unterordnen, weil es im Widerspruch zu unseren demokratischen Werten steht. Die Politik verliert daher zunehmend an Glaubwürdigkeit, was wiederum die AfD und die Verschwörungstheoretiker unnötig stark macht. Stattdessen brauchen wir eine Regierung, die handlungsfähig ist und gesellschaftstaugliche Perspektiven schafft. Dauer-Lockdown ist kein echter Lösungsansatz in der aktuellen Krisenproblematik.

Darüber hinaus muss jeder erkennen, dass bei vielen Maßnahmen nicht wirklich nachgewiesen ist, dass sie tatsächlich zur Eindämmung der Pandemie beitragen, obwohl die Politik genau dies hartnäckig mit einer Spur von purer Verzweiflung weiterhin behauptet.

Genauso wird unterstellt, dass der „schwedische Weg" gescheitert ist. Aus meiner Sicht ist es eine vorsätzliche Lüge, um weiter ihre umstrittene Politik fortsetzen zu können. Ein größerer Protest in der Bevölkerung soll so um jeden Preis vermieden werden. Denn die schwedische Todeskurve verläuft seit einen Jahr parallel zur deutschen, mit dem Unterschied, dass Deutschland ein halbes Jahr im Lockdown war und Schweden nicht.

Aus diesem Grund zweifle ich an der positiven Wirkung des Lockdowns. Viele Maßnahmen sind einfach nur Placebos, die Schäden in anderen gesellschaftlichen Bereichen anrichten. Über das Ausmaß dieser Schäden mag ich lieber nicht vertiefend nachdenken.)

Corona und der ewige Lockdown   Teil 2

Der kühl angehauchte Herbst nähert sich im rasanten Tempo mit großen Schritten der Gegenwart an, sodass sich die Corona-Hardliner wieder in diktatorischer Manier für einen neuen Lockdown positionieren.

„Wir sind noch nicht über den Berg", wird bereits jetzt schon mit vollem Übereifer über die Medien verkündet, mit dem Ziel, das Klima der German Angst in jedem Fall aufrecht zu erhalten.

Altbackende Argumente für den Lockdown werden in der glühenden Hitze des Gefechtes quasi nur aufgewärmt statt sich der aktuellen Realität zu stellen.

„Ist dies Ausdruck politischer Stagnation"?

Fakt ist: „Keine echten Fortschritte in der Politik erkennbar".

Daher fragen sich viele Bürger verständlicherweise aufgebracht: „Warum lassen wir uns eigentlich impfen, wenn es zu keinerlei Verbesserung in Bezug auf den Regelirrsinn führt"?

(August/ 2021)

(Anmerkung: Trotz Impfstoff gibt es zurzeit keine echte Perspektive in der Gesellschaft, da uns die Politik zunehmend das Gefühl vermittelt, nichts an der jetzigen Situation ändern zu wollen. Dies drückt sich bei-

spielsweise dadurch aus, dass die Messlatte für die Rückkehr in die Normalität immer höher gelegt wird.

Außerdem wiederholt die Politik die Fehler des letzten Jahres. Ein gutes Beispiel dafür ist die Grenzöffnung für den Tourismus, obwohl im Frühjahr die Impfquote noch sehr niedrig war. Lerneffekt? 0 %. Erwartet uns daher eine unendliche Geschichte? Sehr wahrscheinlich.)

Corona und der drohende „Impfzwang"

„Kommt jetzt der Impfzwang durch die sprichwörtliche Hintertür"?

Vorsorglich lässt die Politik bereits die Muskeln spielen und schwingt mit eiserner Hand das Demoklesschwert des Lockdowns, um die Ungeimpften darauf einzuschwören, endlich ihrem diktatorischen Kurs zu folgen.

Denn Realität ist: „Getestete sollen zukünftig nicht wie Geimpfte behandelt werden".

Stattdessen droht Nicht- Geimpften die gesellschaftliche Ächtung, indem ihnen der Zugang zu Kneipen, Theatern, Kinos oder Museen verweigert oder zumindest stark erschwert wird.

„Ist dieser Weg der Zwei-Klassen-Gesellschaft überhaupt mit den Grundwerten unserer deutschen Verfassung vereinbar"?

Zumindest erleben wir beim Thema Corona eine kranke Kontroll-Illusion der Regierung, die unserer Demokratie auf Dauer einen erheblichen und schwer reparierbaren Schaden zufügt.

(August/ 2021)

(Anmerkung: Prinzipiell bin ich für das Impfen und hoffe, dass es möglichst viele tun, damit wir endlich aus der Pandemie herauskommen, aber niemand darf dazu

gezwungen werden, nur weil sich die Politik nicht mehr anders zu helfen weiß. Es demonstriert nur ihre gestalterische Unfähigkeit und ihr jämmerliches Versagen bei der Impfkampagne.

Ängstliche Bürger, die noch nicht geimpft sind, werden darüber hinaus zusätzlich von den Medien als asozial beschimpft statt eine zielgerichtete Aufklärung zu betreiben. Siehe die heute- SHOW in ZDF! Diese Herangehensweise schadet ebenfalls unserer Demokratie, weil sich die AfD und die „Querdenker" in ihren Positionen, wie beispielsweise *„Impfdiktatur"*, quasi bestätigt fühlen und möglicherweise Oberwasser bekommen.

Dies führt wohlmöglich zu starken Zulauf für diese dubiose politische Bewegung und löst in Bezug auf das Impfen eher eine verstärkte Trotzreaktion aus. Darüber hinaus stellen die Sanktionen gegen Nicht-Geimpfte nach meiner Auffassung eine klare Verletzung des Gleichbehandlungsgrundsatzes im Artikel 3 des Grundgesetzes dar.)

Corona und der Bundestag

„Der Bundestag ein Parlament ohne jegliche Befugnisse"?

Tatsache ist: „Seit die epidemische Lage von nationaler Tragweite gilt, kann die Regierung quasi fast ohne Gegenwehr uns Bürgern mit neuen Verboten und Vorschriften gängeln".

Die Selbstentmachtung des Bundestages stellt eine demokratiegefährdende Entwicklung dar, die sich scheinbar nicht mehr stoppen lässt, da die Politik einen Dauerzustand der epidemischen Lage anstrebt.

Der Bundestag ist das eigentliche Zentrum unseres Staates, die Seele unserer Demokratie.

Hier sollen die gewählten Vertreter des Volkes die notwendigen Entscheidungen treffen können, die wegweisend für den Kurs unseres Landes sind.

Alles andere ist nur Diktatur.

(August/ 2021)

(Anmerkung: Wieso muckt kaum jemand gegen diese Entwicklung auf? Dieser Zustand ist eine gefährliche Entwicklung für unsere zuvor hochgeschätzte Demokratie. Die epidemische Lage mit nationaler Tragweite muss daher schnellstmöglich beendet werden, damit die Abgeordneten sich ihre Macht zurückholen können.

Dies bedeutet aber nicht, dass keine Schutzmaßnahmen gegen die Pandemie ergriffen sollen, aber die Regierung muss vom Parlament kontrolliert werden. Dafür werden die Abgeordneten vom Volk gewählt und auch bezahlt.

Ein verändertes Infektionsschutzgesetz mit mehr Kompetenzen könnte beispielsweise dem Bundestag mehr Handlungsspielraum bezüglich der Pandemiebekämpfung geben, ohne diktatorische Mittel einsetzen zu müssen. Die Bürger brauchen einfach das Gefühl, noch in einer „echten"Demokratie zu leben.)

Schluss mit dem Corona-Irrsinn!

Wir brauchen demnächst einen Freiheitstag, der uns Bürgern in schwierigen Zeiten eine neue und lebenswerte Perspektive eröffnet!

Bildung für alle Schüler, da schwere Corona-Krankheitsverläufe bei Kindern und Jugendlichen nachweislich äußerst selten sind!

Gleiche Rechte für alle Bürger, da Ungeimpfte zu allererst ein Risiko für sich selbst darstellen!

Weg mit dem Maskenzwang, der uns die Luft zum Atmen nimmt, sobald jeder Impfberechtigte die Chance bekam, sich komplett impfen zu lassen!

Schluss mit der Angstrhetorik von ARD und ZDF, da Corona nachweislich nicht das gefährlichste Killervirus aller Zeiten ist, auch wenn es gerne von Hardlinern aller Lauterbach behauptet wird, nur um eine Daseinsberechtigung in der Gesellschaft zu haben!

Und das Demonstrationsverbot muss endlich beendet werden, da jeder Bürger in einer Demokratie über das verfassungsmäßige Recht verfügt, seine Meinung frei und öffentlich zu äußern, unabhängig davon, ob uns das Gesagte gefällt oder nicht.

(August/2021)

(Anmerkung: Zurzeit beträgt die Quote für die Komplettgeimpften in Deutschland ca. 55%. Zugegebenermaßen ist die sogenannte Herdenimmunität noch nicht erreicht. Trotzdem stufe ich viele Corona-Maßnahmen mittlerweile als unverhältnismäßig ein. Denn die Hauptrisikogruppen sind größtenteils geimpft und somit bestmöglich geschützt. Daher ist im Herbst vermutlich mit deutlich weniger schweren Krankheitsverläufen zu rechnen, sodass unser Gesundheitssystem wahrscheinlich nicht überlastet sein wird.

Sorge bereitet mir allerdings die Tatsache, dass mehr als 4.000 Intensivbetten in Deutschland aus Kostengründen abgebaut wurden, obwohl trotz Impfung mit einer vierten Welle zu rechnen ist. Dies könnte sich nachträglich schädlich für die Pandemiebekämpfung auswirken. Wieso wird in den Medien kaum darüber berichtet? Und warum greift die Politik nicht ein? Stattdessen werden gezielt die Ungeimpften deformiert. Ein Ablenkungsmanöver? Sehr wahrscheinlich.

Natürlich hoffe ich zusätzlich, dass sich spätestens Anfang Herbst deutlich mehr Menschen in Deutschland impfen lassen, damit das oben Gesagte demnächst auch tatsächlich problemlos umgesetzt werden kann.)

Corona und der Patriotismus in Deutschland

„Ist eine Corona-Impfung tatsächlich ein patriotischer Akt"?

Zumindest behauptet dies Gesundheitsminister Jens Spahn per Twitter.

Somit polarisiert er fast in Stil von Ex-US-Präsident Donald Trump ganz Deutschland.

Ungeimpfte werden quasi als Vaterlandsverräter abgestempelt und zu Menschen zweiter Klasse eingestuft, was erschreckenderweise an die Rassentrennung des ehemaligen Apartheitsregimes in Südafrika erinnert.

Die politische Glaubwürdigkeit kommt daher spürbar abhanden, sodass unserer Demokratie ein großer Schaden zugefügt wird, der sich möglicherweise nicht mehr reparieren lässt.

„Kann der Bürger in Zukunft auf Zusagen der Politik, wie beispielsweise, es werde keine Impfpflicht geben, nicht mehr vertrauen können"?

(August/ 2021)

(Anmerkung: Die „*Stigmatisierung*" von Ungeimpften empfinde ich als diskriminierend und menschenverachtend. Solche Formen der Ausgrenzungen kennt man eigentlich nur in einer Diktatur, nicht in einer „*echten*" Demokratie. Es spaltet nur unnötig unser Land und sorgt für zusätzliche Unruhe. Letztlich will die Politik nur ihr eigenes Versagen bei der Impfkampagne verschleiern, indem die Nicht-Geimpften zu Sündenböcken der Pandemie gemacht werden. Es wird teilweise sogar behauptet, es handelt sich um grundsätzliche Impfverweigerer. Stimmt dies wirklich? Ich bezweifle es. Das gesellschaftspolitische Klima wird zunehmend von den Machthabenden vergiftet, was mich mehr ängstigt als das Virus selbst.

Darüber hinaus wird mit dem Begriff Patriotismus ein Missbrauch betrieben, sodass Heimatliebe ein negatives Image verpasst wird. Jens Spahn sollte schnellstmöglich seines Amtes als Gesundheitsminister enthoben werden, damit er keinen weiteren Schaden mehr anrichtet.)

Corona und die Impfstrategie

Konkrete Sachlage ist: „Die Impfstrategie ist größtenteils schlecht gemanagt".

Zunächst die schlechte Einkaufspolitik der EU, die vorzeitig zu einer Verknappung des Impfstoffes geführt hat.

Es folgte ein monatelanges Dauerchaos bei der Vergabe von Impfterminen, sodass einige Betroffene nachweislich frustriert und entnervt das Handbuch warfen.

Urplötzlich tauchten bei der Impfung mit Astrazeneka sowie bei Johnson & Johnson lebensgefährliche Hirnthrombosen auf, die man zuvor bei den Fallstudien noch nicht feststellte, was viele Bürger verständlicherweise zusätzlich stark verunsicherte.

Im Sommer kehrte trotz Impfstoff die Panikrhetorik der Virologen und der Medien zurück, sodass manche in der Bevölkerung das Impfen wieder infrage stellen.

Und zum Schluss werden die Ungeimpften verbal gesteinigt und weitgehend vom gesellschaftlichen Leben ausgegrenzt, damit sie den Aufruf des Impfens trotz nachvollziehbarer Ängste Folge leisten.

(August/2021)

(Anmerkung: Die Impfstrategie in Deutschland ist ein absolutes Desaster. Das Impfen bekam dadurch ein negatives _„Schmuddel-Image"_, sodass viele zögern,

diesem Schritt zu vollziehen. Die Menschen brauchen eine Perspektive, die sie positiv motiviert, sich doch impfen zu lassen. Dafür hätte ein Stufenplan erstellt werden müssen. Der Stufenplan hätte die Aufgabe, schrittweise das gesellschaftliche Leben wieder zuzulassen und zwar orientiert an der jeweiligen Impfquote.

Nicht-Geimpfte zu alleinigen Sündenböcken der Pandemie zu machen, ist in diesem Zusammenhang eher weniger hilfreich, um es mal diplomatisch auszudrücken. Letztlich nur ein Ablenkungsmanöver, um von eigenen Versagen der Politik abzulenken. Und die Medien beteiligen sich als Erfüllungsgehilfen der Regierung statt den Sachverhalt von allen Seiten kritisch zu durchleuchten. Objektive Berichterstattung sieht meines Erachtens anders aus. Für mich ist es eine Realität, die mich zutiefst ängstigt. Das Vertrauen in die Medien kam mir daher zwischenzeitlich abhanden.)

Corona: Die politische Unfähigkeit

„Weiterhin sollen wir Abstand halten, um bestmöglichen Infektionsschutz zu gewährleisten", so der allgemeine politische Beschluss der selbsternannten Volksvertretern.

Jedoch nur wenige Stunden später gilt diese Regel nicht mehr, da wir mit rappelvollen Zügen des Staates konfrontiert werden, was uns Bürger unbestreitbar überfordert.

Somit gilt die dubiose Devise: „Wir machen uns die Welt, wie sie uns gefällt".

Eine Politik in *„Pippi Langstrumpf-Manier"* darf sich aber ein regulärer Rechtsstaat nicht leisten!

Es zeigt sich wieder einmal, dass die Politik den Alltag der Bürger nicht ins kleinste Detail regeln kann.

Daher sollte die diktatorisch angehauchte Bevormundung des Staates endlich beendet werden!

(August/ 2021)

(Anmerkung: Nichts im alltäglichen Leben ist wirklich zu 100 % kontrollierbar. Es gibt einfach keinen perfekten Schutz vor einem drohenden Unheil. Diese Realität müssen wir endlich akzeptieren. Der aktuelle Streik der Bahn führt uns diese Tatsache nachweislich und schmerzlich spürbar vor Augen. Trotzdem erhebt der Staat genau diesen überhöhten Anspruch. Somit offenbart die Politik schonungslos und teilweise sogar hem-

mungslos ihre eigene fatale Unfähigkeit. Dies ist aus meiner Sicht „*Realsatire*" pur.

Wo befinden sich in Deutschland und auch sonst in der Welt noch fähige Volksvertreter, die konstruktive Lösungen von Problemen und machbare Konzepte anbieten können? Eine inhaltliche Leere entsteht, die ich leider als schockierend einstufen muss.)

Corona: Ein Tritt in die Fresse

„Noch einmal durchhalten bis zum Frühjahr 2022", verlangt der amtierende Gesundheitsminister Jens Spahn.

Also weiterhin Durchhalteparolen statt Aufbruchsstimmung?

Es resultiert eine ideenarme und mutlose Politik, die wir Bürger wieder einmal ausbaden müssen.

Somit wieder ein Tritt in die Fresse für all die Menschen, die bereits mühsam anderthalb Jahre durchgehalten haben.

Daher kann das Motto an dieser Stelle nur lauten: „Weg mit der Angststarre"!

Denn wir brauchen endlich eine gesellschaftliche Perspektive für ganz Deutschland.

(August/2021)

(Anmerkung: Gesundheitsminister Jens Spahn behauptet, die Maske bedeutet keine Beeinträchtigung des Alltags. Aus meiner Sicht eine vorsätzliche und gemeine Lüge. Viele Menschen haben aus unterschiedlichen gesundheitlichen Gründen, Probleme die Maske tragen zu müssen. Die Betroffenen tragen sie trotzdem, weil sie keine andere Wahl haben, weil Teile der Gesellschaft massivem Druck in Form von verbaler Gewalt auf sie ausüben.

Es wird regelrecht eine Hetze seitens der Medien gegen die Menschen betrieben, die über ein Attest für eine Maskenbefreiung verfügen, indem beispielsweise behauptet wird, dass es sich grundsätzlich um sogenannte *„Gefälligkeitsgutachten"* oder sogar um *„Fälschungen"* handelt, ohne tatsächlich einen konkreten Beweis dafür zu liefern.

Daher schränken sich viele Menschen ein, um keine weiteren Aggressionen im öffentlichen Raum zu spüren und reduzieren alles nur auf ein Minimum, nur um die Maske so wenig wie nötig tragen zu müssen. Bedeutet im Klartext, dass diese Bürger größtenteils nicht am gesellschaftlichen Leben teilnehmen können. Die meisten davon sind bereits vollständig geimpft und genießen bestmöglichen Infektionsschutz. Wie passt dies zusammen? Jens Spahn sollte endlich gefeuert werden!)

Corona: Neuer Masken-Irrsinn

Der Süden Deutschlands macht sich locker, wenn auch mit Widerspruch.

Hierbei fallen die Masken für Erwachsene, aber nicht für die Schüler.

„Sind Kinder und Jugendliche tatsächlich ansteckender als Ältere"?

„Haben nicht gerade die Jüngeren zugunsten der Älteren auf ihre Normalität verzichtet"?

Traurige Erkenntnis: „Die Jugend hat keine Lobby in der Gesellschaft, obwohl sie eigentlich unsere Zukunft sein soll".

„Ist dieser Zustand auf Dauer hinnehmbar"?

(August/2021)

(Anmerkung: Schulen sind nachweislich keine Pandemie-Treiber. Trotzdem sollen Kinder und Jugendliche weiterhin den Maskenzwang ertragen. Aus meiner Sicht eine absolute Zumutung. Denn schon für Erwachsene ist es schwer, eine Maske tragen zu müssen.

Für sehr junge Menschen ist es erst recht der Fall, weil sie noch in der Entwicklung sind. Organe beispielsweise sind noch nicht so ausgebildet wie bei Erwachsenen. Treten demnächst Atemwegerkrankungen bei Schülern auf? Entstand wohlmöglich unbemerkt durch die Pan-

demie eine neue Form der Kindesmisshandlung, die sogar *„staatsrechtlich"* legitimiert ist? Betretenes Schweigen dominiert in dieser brisanten Angelegenheit das Geschehen.)

Corona und die fehlenden Medikamente

Zweifelsfrei bedeutet der Impfstoff einen Weg raus aus der Pandemie.

„Jedoch reicht es in Anbetracht der Lage aus, um das Corona-Virus zu bekämpfen"?

„Wo sind die Medikamente, um die Symptome des Virus in Angriff zu nehmen"?

Ein Impfstoff kann nicht zu 100 % den Anspruch für sich erheben, die Menschen vor einer Infektion und seinen schwerwiegenden Folgen zu schützen.

Daher müssen sich die Politik und die Wissenschaft den Vorwurf gefallen lassen, nicht genügend getan zu haben, um den Ausnahmezustand der Pandemie endlich zu beenden.

Vertrauensverlust wird aus diesem Grund zur unausweichlichen Konsequenz in unserer Gesellschaft.

(August/ 2021)

(Anmerkung: Fakt ist: „Weltweit wird zu langsam geimpft". Daher ist davon auszugehen, dass es weitere Mutationen des Virus geben wird. Irgendwann wird aus diesem Grund der Impfstoff nicht mehr seine ausreichende Wirksamkeit haben. Was dann?

Die Natur ist der Wissenschaft in Zusammenhang mit der Pandemie meist mindestens ein Schritt voraus, eine

Realität, der wir uns fast täglich stellen müssen. Mit wirksamen Medikamenten wäre man in jedem Fall besser auf einer größeren Infektionswelle vorbereitet. Patienten würden vermutlich seltener an Corona sterben. Wieso wurde nicht genügend Geld in die Erforschung von Corona-Medikamenten investiert? Zu teuer? Meine Gesundheit ist nicht verhandelbar.)

Corona und der 3-G-Irrsinn in den Zügen

Muskelspiele des Kanzleramtes werden erneut spürbar, sodass Millionen von Fahrgästen in Deutschland wegen Corona neue Einschränkungen drohen.

Künftig sollen nur noch Geimpfte, Genesene und Getestete mit der Bahn fahren dürfen.

„Jedoch wer soll die Einhaltung dieses neuen Regelirrsinns kontrollieren"?

Es resultiert ein Kompetenzgerangel, der zweifelsfrei einen enormen Aufwand der Bürokratie verursacht, der wiederum aus Zeitgründen nicht umsetzbar erscheint.

Ohnehin sei die Ansteckungsgefahr in Zügen gering, da mittlerweile fast 60 % der Bundesbürger komplett geimpft sind, und wir weiterhin noch eine Maske tragen müssen.

Bedeutet im Klartext: „3 G bringt nur Ärger, aber keinen weiter".

(August/ 2021)

(Anmerkung: Nur noch Getestete, Geimpfte und Genesene im Zug? Dieser Plan ist fernab von gut und böse. Millionen von Pendlern und Urlaubern fahren tagtäglich mit der Bahn. Die Fahrgäste müssten beim Einstieg Station für Station kontrolliert werden. Absolut weltfremd. Viele Bürger werden es zu Recht als staatli-

che Schikane empfinden. Ergebnis? Politikverdrossen-
heit.

Die andere Alternative wäre Stichprobenkontrollen
durchzuführen und auf einen positiven Placebo-Effekt
hoffen, damit die Bürger in Bezug auf diese Maßnahme
nicht dauerhaft überfordert werden. Jedoch wie wirksam ist unter diesen Bedingungen tatsächlich noch so
eine Schutzvorkehrung? Nur eine neue Form der Symbolpolitik?

Es ist eher davon auszugehen, dass Ungeimpfte auf
diese Weise gegängelt werden sollen, mit dem Ziel,
dass sie sich aufgrund des politischen Drucks doch ein
Vakzin verabreichen lassen. Wer hat auf Dauer Lust,
sich täglich testen lassen zu müssen? Vermutlich hat es
sogar einen gewissen Erfolg. Jedoch heiligt der Zweck
immer die Mittel? Impfskeptiker werden sich zusätzlich
durch solche Maßnahmen bestätigt fühlen. Fazit? Das
Vertrauen ins gesellschaftspolitische System geht weiter
verloren. Eine Selbstdemontage der Demokratie ist die
Konsequenz. Ein erschreckendes Szenario.)

Autorenvita und Klappentext

Jan Kern, Autor und Kunstmaler, Jahrgang 1968. Geboren und wohnhaft in Hamburg. Nach dem Abschluss der Hochschulreife mehrere Semester Studium der Volkswirtschaftliche und der Kunstgeschichte. Seit 2003 Mitglied der Autorengruppe Wortwerk.

Ist der Dulsberg wirklich ein Berg? Fürchterliches soll in seinem Inneren vorgehen. Entsteht in ihm, wie manche vermuten, eine geheime Waffenfabrik? Der Senat hat seine Finger im Spiel, soviel ist sicher. Und wie verhält es sich mit einem mysteriösen Brief, der einen alten Rentner in Hamburg-Altona den Tod bringt? Gibt es möglicherweise einen Zusammenhang in dieser dubiosen Angelegenheit? Ich hoffe nicht.
Des Weiteren beschäftige ich mich mit den Modevirus und seinen zahlreichen Varianten. Ist es bloß Satire oder ist es in Wahrheit ein Komplott zwischen Wirtschaft, Politik und Geheimdienst? Ein brutaler Machtkampf in der deutschen Politik ist zweifelsfrei entbrannt. Wer wird am Ende gewinnen? Die Spannung steigt.
Und zum Schluss folgen hochbrisante Corona-Enthüllungen, die ich hier schonungslos offenlege.

Auch erhältlich

Thomas Sichelschmied

Marsdämmerung

2087, der Kontakt zur Relaisstation MZ-4 auf Phobos, dem größeren der beiden Marsmonde, ist abgebrochen. Alle Versuche, die Probleme von der Erde aus zu beheben, schlagen fehl. Ein Schiff mit Technikern an Bord wird entsandt. Unter ihnen befindet sich auch Simon Hauser, ein Wartungsarbeiter für Ibu-Profatoren. Wobei Profatoren nur wenig mit solaren Sendeanlagen gemein haben und er sich schon fragt, weshalb man gerade ihn für diesen Auftrag ausgewählt hat.

Angekommen auf MZ-4, finden sie die Station verlassen vor. Gravitation und Sauerstoff sind noch intakt. Auf den Gängen verstreut, liegen bizarre fleischliche Gebilde und lange Schlieren, wie von Raubtierkrallen gezogen, verlaufen im Stahlkomposit der Wände. Was auch auf MZ-4 geschehen sein mag, es ist nicht gut ausgegangen.

Doch erst als die Veränderungen beginnen, erkennen Hauser und seine Kollegen, in welchen Albtraum sie tatsächlich geraten sind.

Marsdämmerung – eine Hommage an die blumigen 3-D-Spiele der 90er-Jahre

Ab Ende 2022 erscheint die Marsdämmerung als exklusive Neuauflage im KOVD-Verlag